ルチア・ジョイスを求めて

ジョイス文学の背景

宮田 恭子

みすず書房

ルチア・ジョイスを求めて——ジョイス文学の背景・目次

ルチア・ジョイス，1926年（B. アボット撮影）

1　ルチア・ジョイス

二〇〇九年の秋、「ジェイムズ・ジョイス・コレクション」を所蔵するニューヨーク州立バッファロー大学を訪れた。

ジョイス文学の研究者の一人として、「コレクション」を見ることは、その資料から作家自身の人物像や作品理解の示唆を得ることが第一の目的となる。しかし同時に私は、ジョイスの娘ルチア（一九〇七―八二）についての新たな発見を心の隅で期待していた。

ルチア・アナ・ジョイスは作家ジェイムズ・ジョイス（一八八二―一九四一）の娘である。

ルチアについては、以前に『ジョイス研究――家族との関係にみる作家像』（小沢書店、一九八八年）に書き、その後、彼女が恋したベケット（一九〇六―八九）が死去したことを機に二人の関係を改めて考え、『ジョイスのパリ時代』（みすず書房、二〇〇六年）にまとめた。それでもなおルチアのことが気になるのは、俗に〝紙一重〟と言われる天才と狂気の、一方の天才ジョイスの蔭にあって重い心の病気を病んだ娘への同情とも憐憫ともつかぬ感情が久しくあるからである。しかしそれだけではない。この天才と狂気のはざまからジョイス作品の性格が見え、娘が病んだ統合失調症という病気の視点から、あるいは彼女の人生の様々な局面から、時代の相が見えてくることがあるからである。ルチアの人間像が父親の人生のみならずその芸術を照らし、現代文明の側面に改めて目を向けさせることがありうるからである。

ルチアが病んだ病気は、当時は分裂症と呼ばれ、二〇〇二年以後の日本では統合失調症と呼ばれている精神の疾患である。今日では治癒も可能となったが、かつてはほとんど絶望視された難しい病気であった。

一八世紀以前の文明はヒステリーと、現代文明は分裂症と結びつくと言ったのは精神分析学者のカール・グスタフ・ユング（一八七五－一九六一）である。

そのユングは一九三一年に『ユリシーズ』論（一九三二年九月号「ヨーロッパ評論」掲載）を書き、この作品の精神分裂症的な特徴――「主観的な心的現象と客観的な現実との精神錯乱的な混淆」「新しい造語法」「唐突な移行と感覚の中断を伴う描写」「感情の萎縮状態」等――を指摘した。そのような作品が版を重ねるのは、「近代人の心という集合的無意識」に訴えるからだとユングは論じた。「現世を断片・断層・廃墟・瓦礫・ぼろきれ・無機物に解体してしまう」ピカソの絵を多くの人びとが見にゆくのも同じことだと言う。[1]『フィネガンズ・ウェイク』もまた『ユリシーズ』と似た性格をもつ。特に、「ウェイク語」と呼ばれる創造言語は、少なくとも一見、統合失調症患者の言語にも似た不可解さを示す。

右の論文で、ユングは、『ユリシーズ』の〝分裂症的な特徴〟は「近代人の心という集合的無意識」に訴えるところがあると言っているが、このことはジョイスが彼のなかの「近代人の心」の声にしたがって書いたということを意味してもいるだろう。しかし少し見方をずらして考えれば、この父娘には生物学的・遺伝学的に同じ何らかの素因があって、それがルチアには〝狂気〟として、ジョイスには〝天才〟として発現したのであり、ジョイスは彼の内なる〝分裂症的〟傾向に促されて書いたと言えるのかもしれない。「ぼくが持つ限りの才能はルチアに遺伝し、彼女の頭の中で火をつけたのです」[2]とジョイスが言うとき、彼はそのようなことを考えていたのではないか。だからこそ彼は、ルチアに対し、通常の親子の関係以上の、自分自身の存在の一部のごとくに盲信的な愛情を注いだのではないか。

〝分裂症的〟な特徴を指摘したユングの論文が例となるように、ルチアの人生や彼女が病んだ病気はしばしばジョイス自身の人間像や芸術を照らし出す。ジョイスが陽画ならばルチアはその陰画であった。

バッファロー大学の「ジョイス・コレクション」を訪ね、ルチア関連資料に触れたことは、実際、私にとってこの父と娘の関係やその時代について改めて考えるきっかけとなった。

それをまとめるに当たってルチアの人生のおよその輪郭を見ておきたい。

誕生・成長期

一九〇七年七月二六日、ルチア・ジョイスは、作家ジェイムズ・ジョイスの娘としてトリエステに生まれた。二歳上の兄ジョルジオの誕生日は、一日違いの七月二七日である。〝光〟を意味するその名、ルチアは、幼いときから視力の弱かったジョイスが願望を込めてつけたものか、それともオペラの好きな彼がドニゼッティ作曲の『ランメルモールのルチア』に因んでつけたものか。娘は、しかし、青春期の頃から理性の光を見失いはじめ、オペラのルチアのように心の平衡を失った。

ウォルター・スコット原作のオペラのルチアは、政略結婚を強いる兄に抵抗しつつも、将来を約束した恋人エドガルドの裏切りを示す偽の手紙を見せられて我を失い、婚姻契約書に署名をする。恋人への思いを断ち切れない彼女は初夜の床で夫を殺し、狂った姿となって宴の人びとの前に現われる。ルチアが狂気となる理由はそれなりに現代人を納得させ、クライマックスの「狂乱の場面」で彼女が歌うアリアに観客は感動する。パリ時代、ジョイスの秘書役を務めたポール・レオンの妻ルーシー・ノエルは、ジョイスとこのオペラを観にいった。ルーシーはジョイスはその全曲を知っていたと言い、「彼は『ルチア』に心動かされていたが、それというのもこのオペラが娘のことを思い出させるからであった[3]」と回想している。レオン夫妻がジョイスと交際するのは一九三〇年からその後の一〇年の間であり、ルチアの異常が目立ち始めた頃からで、彼らは彼女の混乱と父親の苦悩を間近に見ていた。

オペラのルチアが狂気となる理由ははっきりしている。ルチア・ジョイスの場合、そのように明快な理由が挙げられるだろうか。彼女が罹患したとされる統合失調症は今日でもその原因が不明だと言われる。ただ、この患者の多くに共通して見られるのは成長期の環境の歪みであるという。もしそうであるならば、父親ジョイスの人生がルチアに強いた生育環境が問題となる。

ルチアが両親の故国アイルランドから遠く離れた、西ヨーロッパのほとんど東の涯とも言えるオーストリア治下トリエステに誕生したのは、生涯続くジョイスの移動癖の結果であったと言えよう。この場合成り行きでそうなったのだとしても、その道を行かないという選択もあったはずである。国から国、都市から都市、通りから通りへの移動は、ジョイスの人生の際立つ様相であった。

一九〇四年一〇月、ジョイスは恋人であるノラとともにアイルランドからヨーロッパ大陸に渡った。チューリヒのベルリッツ校に教師のポストがあるという情報を得たからであるが、実際には当てにしたポストはなかった。トリエステに空席があるという情報でチューリヒからはるばるとそこへ行き、その情報も間違っていてアドリア海に突き出た半島の小さな都市ポーラまで行き、そこでベルリッツ校の教師になった。しかし一九〇五年三月、ポーラからトリエステに〝転勤〟となった。ジョイスの言葉で「移された」のだが、事情はよく分からない。

語学学校の教師の職に飽きたりないジョイスは、一九〇六年七月、ノラと息子のジョルジオを伴ってローマの銀行に就職、これにも満足できず、翌年三月、トリエステに舞い戻った。教師生活をするなかでもジョイスのいちばんの関心事は文を書き、それを世に出すことであった。

トリエステの新聞「イル・ピッコラ・デラ・セラ」への寄稿でわずかな収入はあったが、ミラノの「イル・コリエーレ・デラ・セラ」やナポリの「イル・マッティノ」の特派員としてダブリンにも行き、収入も得たいという目論見はかなわなかった。一九〇七年五月、詩集『室内楽』がロンドンのエルキン・マシューズによって出版されたのはよかったが、印税は入らなかった。酒に耽ることが多く、生活は荒れ、そうこうするうちにリューマチ熱を発病し、七月と八月の間、市民病院に入院した。

ルチアの誕生はその間のことだった。[4]ノラは夫と同じ病院の貧民収容室で出産し、退院のときは数クラウンの施しを受けた。ルチアの人生は誕生のその時から暗くかげっていた。酒を飲んでドブに落ち、濡れた衣服のまま道で寝てしまう生活の結果、生涯の宿痾となる眼病の始まり、虹彩炎の発病をみるのも間もないことだった。

しかし、ベルリッツ校の授業と個人教授で英語教師を務めながら、ジョイスは作品やエッセイを書きためていた。転機が来るのは一九一三年末である。作品出版の仲介を頼んだ同郷の詩人イェイツの口利きで、ジョイスの作家人生を変える人物、エズラ・パウンドから手紙が届いたのである。パウンドはジョイスの詩に感銘を覚え、それを彼の編むアンソロジーに加えたいと申し出るとともに、『若い芸術家の肖像』を雑誌「エゴイスト」に連載するための仲介をした。ジョイスの生涯の後援者となるハリエット・ショー・ウィーヴァー（一八七六－一九六一）はその編集者であった。

一九一四年、第一次大戦が始まり、オーストリア治下のトリエステに英国民である一家が居続けることはできず、チューリヒへ移動した。パウンドはイェイツとともに「イギリス王室文学基金」に働きかけ、ジョイスの助成金受給を可能にし、さらに作家協会からの助成金も得られるようにした。それらと匿名の人物（実はH・S・ウィーヴァー）からの援助によって執筆生活にもある程度のゆとりが生じた。一九一四年に『ダブリンの市民』、一六年に『若い芸術家の肖像』、一八年に『追放者たち』が出版され、この一九一八年の三月からは『ユリシーズ』の各挿話の「リトル・レヴュー」誌連載も始まった。

大戦が終結し、ジョイス一家は一九一九年にいったんはトリエステへ戻るが、パウンドからパリに出て来るよう勧められ、ロンドンで暮らすことを念頭にトリエステを離れた。そして通過地点だったはずのパリで、それから二〇年を暮らした。

パリ生活

一九二〇年にパリへ来るまでに、ジョイスの新しい文学の旗手としての地位は確かなものになっていた。一九二二年にシルヴィア・ビーチのシェイクスピア書店から『ユリシーズ』が出版されると、評判はいっそう高まった。

パリ社会の新しい名士として知識人や芸術家に取り囲まれる父親のかたわらで、ルチアが疎外感を覚え、自分の存在を認められたいという願望を抱くのは自然であった。ジョイス一家と親しかったスチュアート・ギルバートは、“I want to do something”とルチアが繰り返し言ったことを記憶するが、彼女がそのように言うのはいつ頃からだろうか。「ルチアの気持は分かるし、同情はしたけれども、二五歳という年齢でその年齢の半分の経験しかもたない娘に考えられる仕事先などなかった」[5]とギルバートは言う。ギルバートが彼の「パリ日記」で、「仕事がほしい」と繰り返すルチアに言及しているのは一九三二年七月九日である。ルチアがまもなく二五歳になる時であるが、人に認められるような「何か」をしたいというルチアの願望は、おそらくもっと以前からのものだっただろう。

　ルチアが本格的に舞踊と取り組むのは一九二五、六年頃からである。舞踊はルチアにとって自分を確かな存在として実感できる拠り所であった。

　パリに来てまもなくルチアは舞踊を始め、やがてスイス舞踊、スウェーデン舞踊、ハンガリー舞踊、ロシア舞踊、モダン・ダンス等、各種の舞踊を本格的に学び、一日六時間の練習を自分に課して、ひたすら舞踊に励んだ。一九二六年にはマーガレット・モリス舞踊団に入団し、その発表会にも参加、シャンゼリゼ劇場、アンシアン・テアトル・デュ・マレ、ヴュー・コロンビエ劇場等、パリで一流の劇場の公演に出演し、一九二九年五月のブリュッセルでの国際バレエ・コンクールにも出場した。しかしこの時を最後に、その秋、舞踊をやめた。「三年ないし四年間の厳しい練習を投げ捨てて、今才能を葬ろうとしていると考え、何日も泣き暮らしました」[6]（一九二九年一〇月一九日付）と、ジョイスはルチアのことをウィーヴァー宛ての手紙に書いている。

サミュエル・ベケットがダブリンからパリに出てくるのは、そのちょうど一年前の一九二八年一〇月であった。

ダブリンのトリニティ大学の近代語学科を首席で卒業し、交換教授制度に基づいてパリに来たベケットは、アイルランドの上流階級を構成するプロテスタントの家庭の出、見るからに秀才風の鋭い風貌をした、ルチアの一歳上の青年であった。そのベケットにルチアは恋心を抱く。

ベケットはその才能によってたちまちジョイスの信頼を得、彼の住まいにも家族同然に出入りするようになった。「進行中の作品」（『フィネガンズ・ウェイク』の仮題）の擁護論集を出すときには一二人の執筆者の一人に選ばれ、巻頭を飾る論文「ダンテ…ブルーノ・ヴィーコ：ジョイス」を書いた。ルチアの舞踊出演の最後となった同じ一九二九年五月、シェイクスピア書店から論集は出版され、ベケットの論文は高く評価された。

その年の秋、ルチアは舞踊をやめた。舞踊の道に挫折したルチアと対照的に、ジョイスの取り巻きのなかでも中心的な存在となってゆくベケットに、彼女はますます執心するようになる。ルチアの心情には、ベケットと自分を一体化し、そうすることによって、自分が無視されていると感じる父親の世界から認められたいとする願望が働いていたのではないか。それは、「何かをしたい」、そうすることによって他から認められたいという願望と表裏をなすものではなかったか。

しかしベケットはルチアに異性に対する感情はもたなかった。しかも彼の目にルチアは明らかに精神の異常の兆しを見せていた。

一九三〇年五月、愛を迫るルチアにベケットははっきりと拒否を示した。ルチアはそのあと無反応の硬直状態となり、ジョイスとノラを恐怖に陥れた。ジョイスはベケットの軽率さを非難し、ジョイス家への出入りを禁止した。

病気の進行

ベケットの事件の頃からルチアの異常な状態は次第に目立つようになった。

一九三一年、それまで法律上の婚姻関係になかったジョイスとノラはロンドンの登記所で法的な手続きをした。自分たちの結婚に国家や宗教の介入は無用としていわゆる内縁関係にあった彼らは、遺産問題など現実的な必要からそれまでの状態に終止符を打った。ルチアは取材に来た新聞や雑誌の記者の対応に二人が追われていると怒り、アイルランドからノラの妹が訪ねてきて両親が歓迎すると嫉妬心を燃やし、そのうち勝手に一人でパリに戻った。

一九三二年二月二日、ジョイス五〇歳の誕生日に、ルチアはベケットとの関係の邪魔をしたとして母親に椅子を投げ、そのあと無反応と興奮の交互する状態に陥った。病院で下った診断は破瓜《はか》病であった。破瓜病は〝精神分裂病〟の病型の一つであったが、精神分裂病とほぼ同一視されており、治癒不能と考えられていたこの病気の診断はジョイスには受け入れがたいものであった。

ジョイスは医師を信用せず、自分の力で娘を快復させようとする。しかし手に負えず、翌三三年の夏、スイス・ニヨンのサナトリウムへ入院させ、そこでの効果がないと知ると強引に娘を退院させた。その年の暮れ、アメリカでの『ユリシーズ』裁判が勝訴となり、祝いの電話が鳴り続けると、ルチアは電話線を切った。無茶苦茶な振舞いに、ふたたびルチアをニヨンに入院させた。窓には鉄格子がはめられていた。ルチアはその部屋に火をつけた。大事には至らなかったが、ニヨンでの治療はもはや望みがなかった。次に考えられたのは国際的に名の知られたチューリヒのブルクヘルツリ精神病院であったが、しかしルチアが強い拒否反応を示した。

このとき勧められたのが、チューリヒ郊外のキュスナハトの病院に勤務するユングの治療であった。勧めたのは、「進行中の作品」の断章を掲載している雑誌「トランジション」の編集者ユージン・ジョラスの妻で、夫とともに編集にも携わっていたマライアであった。マライアはジョイスの信頼篤い女性であった。とは言え、一九三一年にユングが書いた『ユリシーズ』論にジョイスは強い反撥を感じていた。

ルチアの病気が「破瓜病」と診断されたのは一九三二年である。ジョイスの娘のことを知らずに書かれたユングの『ユリシーズ』論は、したがって先入見なしに書かれた論文であった。ユングが患者に接していたことによってこそ指摘しえた特徴であろう。そのユングの治療を娘に受けさせることはジョイスにとって苦渋を伴ったはずである。しかし一九三四年九月、彼はキュスナハトの病院にルチアを入院させることにする。この決断はジョイスがいかになすすべもなく絶望的な気持になっていたかを語る。

ユングの治療も結局不成功に終わった。ジョイスはそれでも治癒の可能性を信じて医師から医師へ、新たな治療法を求めて移り歩いた。しかしどの治療も成功せず、一九三六年四月、ルチアはパリとドーヴァー海峡の中間にあるイヴリの町のA・デルマ博士の精神病院に送られた。一九三九年、第二次大戦が始まり、博士と患者は大西洋岸ブルターニュ半島の町ポルニシェに疎開した。ジョイスとノラがこの疎開先でルチアを見舞ったのが彼らが会う最後となった。

ジョイスは家族とともに中立国スイスのチューリヒへ行き、ここでルチアを迎える計画をした。しかしそれを果たすことなく、一九四一年一月一三日、十二指腸潰瘍によってこの地で永眠した。

ルチアは一九五一年にイギリス・ノーサンプトンのセント・アンドルーズ病院に移り、ここで三〇年余の入院生活を送り、一九八二年一二月、七五歳の生涯を閉じた。ジョイス生誕百年の年であった。この年の六月、ダブリンでジョイス国際学会が開かれたとき、ルチアはメッセージを寄せた。ジョイスの父親ジョン・ジョイスの出身地コークでの数日後の集まりでは、後見人のジェーン・リダデール[7]（一九〇九－九六）が彼女の手紙を代読した。それから半年後の死であった。

病気と生い立ちの背景

ルチアの病気の原因は分からない。しかしもし生育期の環境の歪みがこの病気に関係があるとすれば、ルチアが病気に至る原因は用意されていたと言わねばならない。

ジョイスと家族の人生は移動に次ぐ移動に特徴づけられる。

国から国への移動は言語の変化を意味した。イタリア語の国に生まれたルチアは、七歳のときドイツ語圏のチューリヒへ移り、一二歳のとき大戦の終結に伴ってふたたびイタリア語のトリエステへ戻り、翌一九二〇年にフランス語のパリへ移った。トリエステ時代の子供たちは父親とはイタリア語、母親とはイタリア語混じりの英語、ダブリンから一家に加わったジョイスの妹とは英語で話した。外ではそれぞれの国の言語を用い、時には方言も加わった。言語は自己のアイデンティティの確信と深く結びついている。しかしジョイス家の子供たちに真に母国語と言えるものはなかった。

国から国への移動に加え、一つの都市のなかでも頻繁に住居が変わり、ホテル住まいも多かった。子供たちに母国とかわが家と呼べるものはなく、精神の安定につながる帰属という感覚が彼らにあったかどうか疑問である。

計画性のほとんどない移住と頻繁な移転は、持続的で系統的な学校教育を不可能にした。ギルバートの言う、ルチアには同じ年齢の娘の半分の経験さえないとは教育の問題も含むだろう。彼らは地域社会で十分に友人関係を育てることもなかったのではないか。[8]

自身の創作が何よりの関心事であるジョイスは、息子のジョルジオの将来について考えても、女子のルチアについては、発病後は別として、それ以前に考えた形跡は見られない。

このような悪条件のもとに育ったからといって誰もが病気になるわけではなく、兄ジョルジオはそうはならなかった。不幸にもルチアは心を病んだ。おそらく複数の要因が発病に絡んでいたのであろう。

装飾大文字

しかし、ルチアの人生は病気の犠牲に終わったわけではなかった。情熱をもって取り組んでいた舞踊を娘がすてたあと、ジョイスは彼女に舞踊に代わる別の生き甲斐をもたせようと、装飾大文字の仕事を勧めた。詩や散文の冒頭の大文字をデザインし、彩色する仕事である。

ルチアはすぐにはやる気を見せず、ジョイスは気難しい娘をだましだましして、何とか取りかからせた。ところがルチアは期待以上の出来を見せた。一九三一年、彼女はジョイスの詩集『一個一ペニーのりんご』の各詩の最初の大文字の制作に取りかかり、翌三二年夏、日本から輸入された竹を素材とする和紙に全部で二五部の詩集が刷られた。詩はジョイス自身の手書きで、優美な書体で綴られた。その後一九三四年六月に、「進行中の作品」の章『ミック、ニック、マギーたちのマイム』がルチアによる表紙の絵と本文冒頭の Every の頭字Eの字のデザインと彩色で、ハーグのセルヴィール出版から出された。翌々年一九三六年七月にはチョーサーの詩作品『A・B・C』の各スタンザの頭字全部を装飾するという大きな仕事が完成、オベリスク出版から出された。一九三七年一〇月「進行中の作品」の『乙女が歌に歌われる小話』の出だしの一文字が制作され、これは小さな仕事であったが、ルチアの装飾文字は全体として高い評価を受けた。

しかし父親ジョイスの願うようには、この仕事がルチアの心の回復に結びつくことはなかった。

2　バッファロー大学の「ジョイス・コレクション」

アメリカ・ニューヨーク州のバッファロー大学を初めて訪れたのは二〇〇九年一〇月のことである。バッファロー市はもとより、アメリカを訪れるのもこれが初めてであった。ジョイスが生まれたのはアイルランドのダブリンである。住んだのはダブリンに加え、トリエステ、チューリヒ、パリなど大陸の複数の都市で、彼の文学や人生の背景を知るために関心をヨーロッパに向けておくだけで精いっぱいという事情があった。二〇〇一年の「九・一一」事件がさらに私をアメリカから遠ざけた。しかしアメリカにはジョイス関連の資料を多く持つ大学がいくつかある。テキサス大学、コーネル大学、ノースウェスタン大学、タルサ大学、バッファロー大学が挙げられるが、中でもバッファロー大学の「ジョイス・コレクション」は充実した内容をもつと言われる。それらの資料はすでに研究者に活用され、成果は著書に著され、こちらはそれを利用させてもらっているだろう。それでも新しい発見があればルチア像にも手を入れたい。そのような思いをもってバッファローを訪れた。

「ジョイス・コレクション」を収蔵しているのは、バッファロー大学北キャンパスの「ケイペン・ホール」である。「バッファロー・ナイアガラ国際空港」から北へ車でおよそ二〇分の田園地帯、ニューヨーク州とは言え、ヨーロッパから見れば辺境とも思えるこの地の大学図書館に「コレクション」が収められたいきさつについては、この二〇〇九年という年の六月一四日から九月一三日にかけて開催された「ジョイス展」の図録の解説に詳しい[1]。特別展は「ジェイムズ・ジョイス発見」と題されて、都心部の南キャンパスに近い大学付属のアンダーソン・ギャラリーで開かれた。

アメリカ行きは「ジョイス展」開催時期に間に合わなかったが、図録の取り置きを頼んでおいた。受け取った図録によれば、バッファローの「コレクション」の歴史は一九四九年にパリの書店「ラ・ユヌ」で開催された「ジョイス展」にさかのぼる。一九四一年にジョイスが死去、そのあとに残された家族を経済的に支援するために、一九四九年一〇月から一二月にかけて、開店してまもないこの書店で作家の遺品や関連する品々が展示・販売された。

書店「ラ・ユヌ」は、いわゆる左岸の知識人たちの出入りした「ラ・フロール」や「ドゥ・

マーゴ」などのカフェの並ぶサン・ジェルマン大通りの地下鉄駅わきに建つ。一九九〇年代に改装したという書店からは当時の様子はうかがえないが、今は売場の中央から階段が伸び、二階は歩廊《ギャラリー》ふうに壁から張り出して階下の売場を取り囲んでいる。「ジョイス展」はその二階で開かれた。

展示されたのは、作家の秘書的な役割を果たしたポール・レオンが、第二次大戦の始まった一九三九年、パリのジョイスの住まいから救い出したその所蔵品と、一九二二年に『ユリシーズ』を出版した「シェイクスピア書店」の主人シルヴィア・ビーチの所蔵品が中心であった。この時のポスターには、「人生＝家族の肖像画、日常の品物、写真。作品＝原稿、稀覯本、海賊版、マティスの挿絵原画。栄光＝同時代作家の献本、評論」として展示品が分類された。

ポール・レオンの妻ルーシー・ノエルの回想記『ジェイムズ・ジョイスとポール・レオン——友情の物語』によれば、レオンは、一九三九年末にジョイス一家がフランス中部のサン・ジェラン＝ル＝ピュイに疎開したあと、ヒトラー・ナチス占領下のパリで、ジョイスがマンションに残した文書類を運び出してスーツケースに入れ、そのうちの書簡を封筒にまとめ、ジョイスの死後四日目の一九四一年一月一七日、パリ駐在のアイルランド公使オケリーに手紙を書き、五〇年間の封印を条件にダブリンのアイルランド国立図書館で保管するよう依頼した。その後レオンはなおもジョイスの遺品の救出を試みたが、それからまもなくナチス・ドイツの秘密警察ゲシュタポに逮捕され、数カ月間の拘留ののち、一九四二年の春、ユダヤ人であることを理由に処刑された。アイルランド国立図書館は、五〇年後に封印の解けた資料を整理し、一九九二年、『ポール・レオン文書』と題して出版した。バッファロー大学の「コレクション」は、死を賭したレオンの行為が残したものである。

一九四九年秋、サバティカルでパリに来ていたバッファロー大学英語学部教授オスカー・シルヴァーマン[2]が、たまたま書店「ラ・ユヌ」での展示会を見た。シルヴァーマンは展示品の購入に意義を感じ、帰国後、このことをアンスリー・ソーヤー氏に話す。翌一九五〇年春にソーヤー夫妻が実際にこれを見てシルヴァーマンに共感、彼らは図書館館長のチャールズ・D・アボット（一九〇〇－六一）に進言し、購入事業がスタートした。

「ジョイス・コレクション」は結局数度にわたる購入によって成立した。「ラ・ユヌ」の「ジョイス展」の翌年、マーガレッタ・F・ウィックサー夫人が亡夫の追善供養として購入資金を寄付、一九五九年にはコンスタンス&ウォルター・スタッフォード夫妻の寄付があり、展示品が購入された。一九五一年と五九年には、初期のジョイス作品数点を出版したB・W・ヒューブシュから各種の記録の寄贈があり、一九六二年のシルヴィア・ビーチの死去のあと、スタッフォード夫妻その他の支援により、ビーチの所蔵品がさらに「コレクション」に加えられた。最後に一九六八年、雑誌「トランジション」掲載用の「進行中の作品」の一部のゲラが、この雑誌を夫の故ユージン・ジョラスとともに編集したマライアから送られてきた。

アメリカでこのような事業を助けるのは、しばしば富豪の存在である。ニューヨークの「グッゲンハイム・ミュージアム」や「フリック・ミュージアム」、「ピアポント・モーガン・ライブラリー」といった質の高い美術館が個人の資産によって作られた。厖大な作品数を誇る「メトロポリタン・ミュージアム」も、金融資産家ピアポント・モーガン（一八三七－一九一三）や石油王ジョン・ロックフェラー（一八三九－一九三七）の支援に与るところが大きい。オペラの上演についても同じことが言える。昨今のヨーロッパのオペラは、よく言われるように、新しい演出を試みて——実際は資金不足、経費節減目的（？）で——衣装を奇妙に現代風にし、セットを簡略化して、いかにもお手軽で魅力に欠ける上演が多い。パリ・オペラ座の『トラヴィアータ』では悲劇のヒロイン役、クリスティーヌ・シェイファーがミニスカートで登場、フィレンツェの『トスカ』ではヴィオレタ・ウルマーナがキャリア・ウーマン風のスーツ姿で一八世紀末ローマの歌姫を演じた。オペラを見る楽しみは、一つに作品の時代を表わす念入りなセットや衣装である。それは確かに多大な費用を要する。メトロポリタン・オペラのプログラムにはこのオペラ・ハウスへの寄付者のリストが掲載されている。財団や個人といろいろだが、時には三五〇〇万ドルといった驚くような金額が記されている。それによって上演の可能となったオペラを享受するのは万人ではないとしても、富がこのようなかたちで社会に還元されるのはありがたい。金をもったまま死ぬのは不名誉であるという考え方がこの国にはある。キリスト教精神のしからしめるところのようで、その点ではヨーロッパも同じはずだが、この国の金持ちの桁が違うということか。

バッファロー大学の収集資料の中心をなすジョイスの原稿と書簡は、ピーター・スピールバーグが数年の歳月をかけて献身的に整理・分類し、一九六二年に完成した。スピールバーグはウィーンに生まれ、アメリカに来てブルックリン・カレッジの英語教師を務めた、評論家・短編作家・詩人・小説家の顔をもつ多才な人物で、カタログという地味な仕事までやり通した。「コレクション」全体は、作品の原稿、評論、作家自身およびシルヴィア・ビーチを含む知人その他の書簡、シェイクスピア・アンド・カンパニー書店関連、ルチア・ジョイス関連、その他、写真・肖像画等、二二の項目に分けられている。

「ケイペン・ホール」は大学総長の執務室や図書館を擁するバッファロー大学北キャンパスの中枢の建物である。その四階に「ポエトリー・コレクション」という部門が置かれ、一九〇〇年以降の英語文学に関する資料蒐集を行なっている。一九三七年、チャールズ・D・アボットによって創設され、文学作品の初版本、原稿、作品・作家に関連する書簡や写真、その他、多種類の資料を集めている。ロバート・グレーヴズ、ウィンダム・ルイス、ウィリアム・カーロス・ウィリアムズ等の厖大な資料を擁しており、「ジョイス・コレクション」はその一つである。

二〇〇九年のバッファローの「ジョイス展」では、右の「ジョイス・コレクション」から選ばれた資料が展示された。

3　ルチア・ジョイスの肖像画

ジョイス一族の肖像画

二〇〇九年一〇月、「ジョイス展」終了一カ月後の「ポエトリー・コレクション」の閲覧室には、会場から引き上げられた展示物の名残があり、ジョイスの肖像画は壁に掛かっていたが、妻ノラの肖像画二点はまだ床の上に置かれ、柱に立てかけられたままだった。

ジョイスの肖像画とノラの肖像画二点のうちの一点はイタリア人画家トゥリオ・シルヴェストリ（一八八〇－一九六三）によるもので、ジョイスの肖像画は一九一四年制作の水彩、ノラは前年制作の油彩で、ともにトリエステ時代に描かれている。

シルヴェストリはヴェネツィア出身の貧乏画家で、マンドリンを弾き、肖像画を描きながらロシアまで歩いて旅したという逸話の持ち主である。ジョイスのトリエステ時代（一九〇四－

一五年。その間一年弱のローマ時代があった）の別の知人、フランチーニ・ブルーニによれば、シルヴェストリはバリトンの声をもっていて、テノールのジョイスとともによく歌を歌った。「あらかじめデッサンをせず、なぐりつけるように絵に筆を運ぶユニークな描き方で、印象主義的だった」[1]とブルーニは回想しているが、少なくともジョイスの肖像画は、確かにためらうところのない筆さばきを見せている。トリエステ時代に始まったジョイスの病気の眼は、眼鏡のレンズの向こうで大きく見開かれている。

シルヴェストリはノラのことを自分が知るいちばんの美人だと言ったというが[2]、少なくともノラを描いたもう一つのバジェンの絵よりは魅力的である。

フランク・バジェン（一八八二–一九七一）はパリで修業をした元船乗りの画家で、チューリヒで英国の文化広報の仕事をしていたときにジョイスと知り合った。文も立ち、著書『ジェイムズ・ジョイスと「ユリシーズ」の形成』はチューリヒ時代の二人の会話をもとにして書かれた。「ジェイムズ・ジョイスの『進行中の作品』と北欧の詩」[3]と題する『フィネガンズ・ウェイク』論もある。バジェンの描くノラは、目全体が灰色に塗られ、特徴的な彼女のきらりと光る瞳は見えず、顔全体の印象もぼんやりとしている。

翌二〇一〇年四月、私はふたたびバッファローを訪れた。

半年前、柱に寄りかかっていたノラの肖像画は壁に掛けられ、シルヴェストリのジョイスはトゥオヒーの絵に代わっていた。同時に、ジョイス関連の本でよく見るジョイスと息子と孫という下降の「ジョイス家三代」ではなく、ジョイスを遡る三代がここに顔を並べていた。

一九二三年、ジョイスはアイルランド出身の画家パトリック・トゥオヒー（一八九四－一九三〇）に父親ジョン・ジョイスの肖像画を委託した。翌年、この画家がジョイスを訪ねてきて、ジョイス自身の肖像画を描かせてほしいと言った。ジョイスは渋々ながら承知し、それでもほぼ一カ月間、二八回に及んでモデルをつとめた。壁の左端はこのトゥオヒーの作品である。図録の表紙を飾るのもこの作品である。

トゥオヒーの絵の出来にジョイス自身は満足したのだろうか。同じ一九二四年に一家四人で撮った写真と比べてみれば、丸い眼鏡をかけ、口ひげと縦に細いあごひげを生やした細長の顔は確かに再現されている。けれども、彼の薄い唇はやや突き出すように結ばれていてどこか不自然で、眼は宙を泳いで焦点が定まっていない。全体として『ユリシーズ』という作品を書いた知性を表わしているようには思われない。モデルをつとめるセッションが進むにつれ、ジョイスはこの画家に次第に苛立ちを強め、「ベストセラーを書いてくださいよ」と言われるに及んで我慢ができなくなったという。そのようなジョイスの精神状態がこのように表われたということか。とすればトゥオヒーもなかなかの描き手ということになる。

ジョイスの肖像画に続くのは、ジョイス家の祖先の肖像画である。ジョイスの父方の曾祖父である四五歳頃のジェイムズ・ジョイス（一八〇〇–五五年頃）と後述のその息子でジョイスの父方の祖父ジェイムズ・オーガスタイン・ジョイス（一八二七–八六）は、その衣服からして、身代を飲みつぶしたジョイスの父親のジョン・ジョイス（一八四九–一九三一）とは違う、かなりの暮らしぶりをうかがわせる。エルマンの伝記によれば、曾祖父のジェイムズ・ジョイスはコークの資産家であった。

曾祖父ジェイムズ・ジョイスに続くのはその妻でジョイスの父方の曾祖母アン・マカン・ジョイス（一八四五年頃）である。回想記『われらのジョイス』の五人の著者の一人、アーサー・パワー（一八九一–一九八四）は、ジョイスはヨーロッパ中に移り住んだが、どこへ引っ越すにも家族写真を持ち運んだと言い、中には「大きなボンネットを顎の下で紐を結んでかぶり、まじめくさって勿体ぶった顔をした御婦人たち」[4]の写真もあったと書いている。パワーの「御婦人たち」という複数形は、そのような「御婦人」の写真が複数あったのか、それとも厳密に使われたわけではないのか分からないが、パワーの記述がそっくりあてはまるのがこのアン・マカン・ジョイスである。真ん中から分けた髪をピンクと灰色の入り混じったボンネットで包み、レースで縁取られた絹モスリンの襟の黒いドレスを着たアンは、やや受け口の唇を固く結び、前方をきっと見据えて「まじめくさって勿体ぶった顔」をしている。

壁を直角に折れると、『ユリシーズ』の年である一九〇四年当時のダブリンの大きな地図が中央に貼られ、その左右に、ジョイスの父親ジョン・ジョイスと前述のシルヴェストリのノラの肖像画が掛けられている。

トゥオヒーの描いたジョン・ジョイスの肖像画は、これは傑作と言える作品だろう。ジョイスの肖像画と比べて、同じトゥオヒーの肖像画でも、前年に描かれたこの父親ジョン・ジョイスは、現実の彼の風貌がどうであれ、いかにも彼の本質を表わしていそうである。自分の作品の何百人という登場人物やエピソードは父から生まれたとジョイスの言う、その父親ジョン・ジョイスは、すばしこい目つき、眉間にしわを寄せたやや渋面のその顔の白い口ひげの下から、今にも皮肉とユーモアを混じえた辛辣な人物評を繰り出しそうな、しかし身代をつぶした無頼の男の感じを見せている。

もう一つの壁面は、ジョイスの父方の祖母エレン・オコネル・ジョイス（一八一六－一八八一）と、その夫でジョイスの祖父であるジェイムズ・オーガスタインのもう一つの肖像画である。

エレンはジェーン・オースティンの描く一九世紀前半の中流階級の女性を思わせる。アイルランド解放運動家ダニエル・オコネルと縁戚関係にあると主張する一族、裕福なオコネル一門の出だというエレンは、まとっている衣服や装飾品も上質の感じ、この絵の描かれた一八四五年は間もなく三〇になろうとする頃だが、輪郭のきれいな卵形の顔、大きな目と小さな口元に微笑を浮かべて、品よく描かれている。その隣に並んだ夫でジョイスの祖父であるジェイムズ・オーガスタイン・ジョイスはいかにもエレンと釣り合って見えるが、実際はエレンの十一歳年下の夫であった。右に並ぶジェイムズ十八歳のときの肖像画は、「コーク一のハンサム男」と息子のジョン・ジョイス、つまり作家ジョイスの父親が自慢したというのも合点がゆく美男ぶりである。しかし優男ふうの彼は実は向こう見ずの暴れ馬で、それを抑え込むのに年長のエレンが向かわせられたというエピソードもある。したがって淑やかな美人に描かれているエレンも、実は夫よりもさらに手強いじゃじゃ馬であったのかもしれない。

　ジョイスのパリ時代の後半に実質的に秘書の役割を務めたポール・レオンは、ジョイスが持っていた先祖の肖像画について、後述する一九三三年五月七日付の手紙に、「最後の五点はすべて油彩で、一族のいくつかの世代を表わしており、コークのカマフォードの作品です」と書いている。「最後の五点」とはジョイスの祖父、祖母、少年時代の祖父、そして曾祖父、曾祖母の肖像画を指している。

ジョン・カマフォードはアイルランド・キルケニーの生まれ、「芸術家協会」副会長も務めたアイルランドの代表的な小画像画家《ミニチュアリスト》で、ロケットやペンダント用の肖像画を描いた。ジョイスの先祖の肖像画がカマフォードの作品と考えるならば、その描き方は、ロケットやペンダントに入れるための似姿を描く小画像画家《ミニチュアリスト》であればそうであろうというように、細部に忠実な写実ではなく、人物の大まかな風貌を伝えることを目的としている。五点の肖像画にいわゆる芸術的な味わいなどないが、それももっともであろう。

しかし、ミニチュア作家として知られるこのジョン・カマフォードの生年・没年はそれぞれ一七七〇年・一八三二年で、「ジョイス展」図録に掲載の肖像画につけられた制作年は、ジョイスの祖父が「一八五五年頃」、その少年時代が「一八四五年頃」、祖母、曾祖父、曾祖母も同じ「一八四五年頃」となっている。この矛盾をどう考えるべきか。各肖像画に付された図録の説明には、各制作年は“attrib. by James Joyce”、つまりジェイムズ・ジョイスによって示されたもの、とある。「ジョイス一族のポートレート・ギャラリー」についての図録の解説は、「ジョイスは祖父母の肖像画をコークのジョン・カマフォードの作品だとした。しかしながら、ジョン・カマフォードは小画像画家《ミニチュアリスト》である。ジョイスの父親がジョイス一族の社会的地位を高く見せようとしてこれらの肖像画を入手したものと考えられる」と書いている。「コークのカマフォードの作品です」と手紙に書いたポール・レオンは、ジョイスの口述をそのまま筆記したのだろう。

そもそもジョン・カマフォードはコークと結びつく人物なのか。それともポール・レオンの言う「コークのカマフォード」は、小画像画家《ミニチュアリスト》として知られた「カマフォード」とは別の人物なのか。よく分からない話だが、分かることは、ジョン・カマフォードはこの画家に描いてもらうことが名誉であるような人物らしいこと、ジョイス家のこの「ポートレート・ギャラリー」には虚栄心めいた感情が働いているらしいことである。

「ケイペン・ホール」四階の「ポエトリー・コレクション」閲覧室の壁に掲げられた肖像画は右の八点である。

「ジョイス展」の図録には、閲覧室の壁に掲げられた順序とは少し違うが、頁毎に大きく一点ずつ、原画の色にほぼ忠実に肖像画が再現されている。

アーサー・パワーが回想録に「私が特に覚えているのは、ダニエル・オコネルの親戚だとジョイスが言う、赤いハンティング・コート姿で白い杖を持った立派な顔の老紳士[6]」と書いている肖像画または写真は、「コレクション」のカタログ番号 XVII「写真および肖像画」のなかにはない。

「ジョイス展」の図録でジョン・ジョイスに続く頁は、ジョンの妻で作家ジョイスの母親、メアリ（メイ）の肖像画である。一八八八年、ジョイスが六歳半でクロンゴーズ・ウッド・コレッジに入学する時に、ジョイスの両親、ジョイスの四人を写した、その写真のなかのメイを模写したものである。絵の右隅にトゥオヒーの名前とともに一九二六年とある。コピー機などなかった時代、この絵はいったいどのように模写されたものか、きわめて正確な写真の再現である。セピア色の紙に鉛筆で描かれた母親は写真と同様に気品がある。図録のメイ・ジョイスに続くのは、同じくトゥオヒーによるジョイスの娘ルチアであった。

ローランサンによるルチアの肖像画

「ケイペン・ホール」の「ポエトリー・コレクション」閲覧室でジョイス一族の肖像画を一つずつ見、「ジョイス展」の図録を一頁ずつ繰りながら、ローランサンの描いたルチアの肖像画に出会うことを私がまったく期待していなかったと言えば少し違うと言わねばならない。

フランスの画家マリー・ローランサンがルチア・ジョイスの肖像画を描いていると知ったのは、先に述べたジョイスの書簡集のポール・レオンの手紙によってだった。絵は未完に終わったようだが、パリ時代の後半、目の悪かったジョイスに代わって手紙を書くことの多かったポール・レオンが、画家のフランク・バジェンに宛てた手紙（一九三三年五月七日付）に、ジョイス一族の「ポートレート・ギャラリーの詳細」を書き、その一つとしてローランサンが描いたルチアの肖像画を挙げているのである。

「詳細」とは、引っ越し魔のジョイスが、これだけはと大切に持ち歩いた一連の肖像画のことで、ギャラリーとはそれらが部屋を飾っていたことを意味するだろう。

ジョルジオ（トゥオヒー　パステル）、ルチア（ローランサン—未完成）、ジェイムズ（油彩—トゥオヒー）、同（モノタイプ　シルヴェストリ）、ヘレン（油彩　マルシャン）、ノラ（油彩—バジェン）、同（油彩　シルヴェストリ）、ジョン（油彩—トゥオヒー）、ジェイムズ（茶のチョーク画　オーガスタス・ジョン）、ジェイムズ（依頼人の祖父）、祖母のエレン、旧姓オコネル、少年時代の同じく祖父ジェイムズ、曾祖父ジェイムズ、曾祖母のアン、旧姓マカン。最後の五点はすべて油彩で、一族のいくつかの世代を表わしており、コークのカマフォードの作品です。[7]

依頼人とは作家ジョイスの事である。

これらのほとんどは前述のようにバッファローのコレクションに見ることができる。コレクションにないのはジョルジオとルチア、それにヘレンの肖像画である。ヘレンはジョイスの息子ジョルジオの妻で、絵の作者マルシャンは、キュビストの画家ジャン・マルシャン（一八八二―一九四一）と考えられる。

レオンの手紙の「ギャラリー」で最もよく知られているのは、前述の父親ジョン・ジョイスの肖像画である。この絵がもともと掛けられていたジョイスの住まいの部屋の写真は、伝記や関連の本によく見られる。その部屋には、ジョイスと息子ジョルジオが椅子に掛け、ジョルジオの膝の上に彼の息子、ジョイスから見れば孫のスティーヴンが坐り、その居間の壁にジョン・ジョイスの肖像画が掛かっている。写真は「ジョイス家四代」と呼ばれている。

写真「ジョイス家四代」は、ドイツ生まれのフランス人女性フォトジャーナリストのジゼル・フロイント（一九〇八―二〇〇〇）の写真集『ジョイスとの三日間』の一枚である。写真のなかのスティーヴンは六、七歳、一九三二年二月生まれのスティーヴンは右のレオンの手紙の一九三三年五月の頃はまだ乳児のわけで、したがってレオンの言う「ポートレート・ギャラリー」は、この写真の居間ではなく、もっと以前の「パリ八区ガリレー通り四二番地」に住んでいたとき（一九三二・一一―三四・七）のものだろう。

『ジョイスとの三日間』は、リチャード・エルマンの序文とジゼル・フロイントの前書きによれば、一九三八年の春と翌年の春の二度にわたって撮影された。当時のジョイスの住所は「パリ七区エドモン・ヴァランタン通り七番地」であった。

「ガリレー通り四二番地」に住んでいた一九三三年には確かに存在していたローランサンによるルチアの肖像画は、フロイントがジョイスの写真撮影を行なった一九三八年、三九年当時はどうなっていたのだろうか。たとえ未完成であれ、レオンの手紙で「ポートレート・ギャラリー」の一点として挙げられている以上、ルチアと認められるくらいにはできあがっていたはずである。

フロイントの『ジョイスとの三日間』の第一日目は、マンションの居間で過ごすジョイスを写している。室内の家具は、ソファも長椅子も高級感があり、ガラスの扉のついた本棚にしても機能本位ではなく、縁に細かな彫刻が施されている。壁には肖像画や写真が飾られているが、そのなかにはフェルメールの『真珠の耳飾りの女』もある。エルマンの『ジョイス伝』によれば、絵画芸術にめったに惹かれることのなかったジョイスが、オランダに行ったとき、この画家の『デルフトの風景』の複製を購入したという。アーサー・パワーもジョイスがフェルメールを部屋に飾っていたことを証言している。[8] ただしパワーは「ゲントの絵」としているが、これは『デルフトの風景』のことであろう。パワーは彼がジョイスの住まいにこの絵を見たのは、一家がスクワール・ロビアックに住んでいた時期だと言う。ここに住んだのは一九二五年六月から一九三一年四月までであった。とすればジョイスは長期間にわたってフェルメールを身近に置いていたということだろうか。フランク・バジェンによると、ジョイスは自分は絵がわからないと言っていたが、実際にはかなりの目利きで、フェルメールを愛し、複製を何枚か持っていた。[9] パワーは、「河岸に風変わりな赤煉瓦の家々の並ぶ川の絵は、『ユリシーズ』のように都市を描く、したがって彼には特別の意味をもつ絵だった[10]」と言い、少なくとも『デルフトの風景[11]』をもつことには意味があったとしている。

フェルメールもさることながら、フロイントの写した居間の写真にもう一つ気になる絵がある。

明らかにジョイスとわかる横顔のスケッチ、ジョルジオを思わせる眼鏡の男性の絵――ただしこれは油彩のようで、レオンの言うパステル風ではない――があり、そこに女の子を描いた絵が掛かっている。絵はいずれも後方にあってぼやけており、描かれているものが十分に識別できない。この女の子がレオンの手紙にあるマリー・ローランサンの描いたルチアなのだろうか。

絵は見たところローランサン風の淡彩、またこの画家の人物画によく見られる動物が少女の胸元に顔を見せている。しかし女の子は五、六歳で、どう見ても一〇歳には達していない。ルチアがローランサンに会うとすれば、一家がパリに移住した一九二〇年（ルチア一二歳）よりあと、厳密に言えば、ローランサンが一九一四年にドイツ人ヴェッチェンと結婚し、第一次大戦の始まりとともにスペインに亡命、夫との離婚を考えて帰国した一九二一年の春以降である。それに写真で見るルチアは面長だが女の子は丸顔で、ルチアの子供時代の写真ともかなり違う。

ルチアがローランサンに初めて会ったのはいつだろうか。イタリアのトリエステからパリに移った一九二〇年、ジョイスは文壇の中心人物ヴァレリー・ラルボーに会い、翌二一年四月、住む家の見つからないままに彼の留守中のアパートに転がり込んだ。ローランサンはその頃、ヴェッチェンとの離婚手続きを取っている最中だったが、恋多き彼女はこのラルボーと恋愛関係にあった。したがって、ジョイスはラルボーを介してローランサンに会い、ルチアもまたこの画家に会ったという可能性がなくはない。

回想記『ジョイスとの会話』によれば、アーサー・パワーは、ローランサンがジョイスに娘さんを描かせてほしいと申し出たことを記憶している。彼はローランサンがジョイスに「木曜日の一一時に来るようお伝えください」と言ったことまで覚えている。[12] パワーはこの肖像画を見たことがないと言い、結局絵は描かれなかったのだろうと推測している。しかし前述のように、一九三三年五月七日付のポール・レオンの手紙は「ローランサンによるルチアの未完の肖像画」の存在を証言している。それにフランク・バジェンも著書『ジェイムズ・ジョイスと「ユリシーズ」の形成』の中でこの肖像画に言及している。[13]

パワーは「これらの写真はすべて、戦時中、家賃の支払いのために彼の持ち物が家主によって売られたとき以来、行方不明になっている」とも言っているが、バッファローの「ジョイス・コレクション」に見るように、十点前後は間違いなく残っているのである。

ポール・レオンは、右の手紙のほぼ二週間前の一九三三年四月二五日、ジョイスの文学的・経済的後援者であるH・S・ウィーヴァーに宛てて、「ジョイス嬢は製本の仕事やマリー・ローランサンのクラスに通うのはやめましたが、予想された健康上のぶり返しは起こっておりません。そのためジョイス氏は、あまり安心はしていないものの最善のことを期待しています」[14]と書いており、ルチアがローランサンとつながりを持っていたこともまた確かである。

ルチア・ジョイスの心の病気については、本書冒頭「1　ルチア・ジョイス」で概略を書き、『ジョイスのパリ時代――『フィネガンズ・ウェイク』と女性たち』にある程度詳述したので詳細は省くとして、少女の時から不安定な精神状態を示すことの多かったルチアは、励んでいた舞踊をやめ、サミュエル・ベケットに失恋した頃から、次第に精神の均衡を崩してゆき、一九三二年二月二日、ジョイス五〇歳の誕生日に、統合失調症の典型的な症状を示した。無為の状態がよくないと医者に言われたジョイスは、この年に開かれた画塾「ヴィラ・マラコフ」[15]に通わせた。この画塾にマリー・ローランサンが着任していた。この画塾を選んだのはローランサンがいたからか、事情は分からない。ローランサンは三五年までここで教えた。

　ローランサンがルチアをモデルにして描いたのは、こうしてルチアが画塾に入り、二人の接触が多くなったこの頃と考えるのが妥当ではないかと思われるが、不明である。

　ルチアが入った画塾は、ジャン＝エミール・ラブルール（一八七七－一九四三）が一九三二年にパリ一六区の右の小路に開いた画塾だった。

　ラブルールはフランス・ナントの生まれ、パリに出て法律を学んだが、幼少期から親しんだ木彫に才能を見せ、オギュスト・ルペール（一八四九－一九一八）に版画を、トゥルーズ＝ロートレックにリトグラフィーを学び、本格的に彫版作家として活動するようになった。一九〇三年から五年間、アメリカに滞在し、ヨーロッパに戻ってまもなく、アポリネールやその恋人のローランサンに会った。

　ドイツ人ヴェッチェンと結婚する前、したがってもちろんラルボーと恋愛関係になる以前、ローランサンは詩人ギヨーム・アポリネールと恋をした。有名な詩「ミラボー橋の下、セーヌは流れ、二人の恋も……」はこの恋愛から生まれたと言われる。この恋は破綻するが、その関係が壊れかけていたときにアメリカからラブルールが帰国し、二人の間に新たな恋が芽生える。それは束の間の恋であったが、しかし彼らの間には友情が保たれた。

　このラブルールに、一九一四年制作の『マリー・ローランサンの肖像』という版画作品（板目木版画《ウッドカット》）がある。〝肖像〟とはいえ、正面を向いた人物ではなく、女性は背中を見せ、カンバスの前に立って長い絵筆を動かしている。豊かにふくらむ髪、丸みを帯びた横顔は間違いなくローランサンである。彼女のわきには猫が座る。黒白の線は濃く鮮やかで、この版画家に特徴的な細くかつ細かな線による木彫とやや感じが違う。版画のなかのローランサンが画布に描いているのは、手を組んで踊る二人の少女である。〝二人（または三人）の少女〟は、この画家が生涯、繰り返し描いたテーマであった。この版画のなかの画布の二人の少女は、一九一三年のローランサンの作品『優雅な舞踏会』の少女たちと一致する。もっとも、この題のローランサンの絵では、画面左手にもう一人、マンドリンを弾く少女がいる。ラブルールは現実のローランサンの作品を部分的にではあるが再現していた。彼は『優雅な舞踏会』を制作するローランサンの姿を版画に刻んだのであり、一般に言う肖像画とは違うが、確かに彼女の肖像である。

『優雅な舞踏会』の少女たちは、キュビスムの原点となったピカソの『アヴィニョンの娘たち』（一九〇七年）を思い出させる。実際、ローランサンは一九〇四年にアカデミー・アンベールに入ったとき、ジョルジュ・ブラックやジョルジュ・ルパプ（一八八七－一九七一）を通じてピカソを知った。ブラックは、リセ・ラマルティーヌでデッサンを学んでいたローランサンと知り合い、すでに自分が学んでいたアカデミー・アンベールに入ることを彼女に勧めた。しかし彼は、アカデミックで、実験的な画法にも冷淡なアンベールの保守体質とは合わず、やがてこの画塾をやめた。一九〇六年、ローランサンもまたブラックの示唆を受け、ここを離れた。ローランサンがピカソと身近に接するようになったのは、一九〇六年、画塾をやめたあとモンマルトルの「洗濯船」に集まる画家たちの仲間に加わった頃からである。

彼女がアポリネールを知るのはピカソを介してで、一九〇七年にモンマルトルのクロヴィス・サゴの画廊で個展を開いたとき、ピカソからアポリネールを紹介された。

アポリネールの小説『虐殺された詩人』で、作者自身がモデルであるらしい主人公クロニアマンタルは、ピカソらしい人物「ベニンの鳥[16]」からローランサンを思わせる女性、トリストゥーズの存在を教えられている。「昨夜、君の女房[17]に会ったよ。」……「人を苦しめる宿命を負っている女たちのような、陰鬱で、子供っぽい顔をしているよ[18]。」

『アヴィニョンの娘たち』はいわゆるキュビスムの始まりとされる作品である。ローランサンはその画歴の最初の段階で、キュビスムの始まりを目撃し、その影響を受けつつ制作したのである。アポリネールは一九一二年に書いたエッセイ「美的省察」でローランサンをキュビスムの画家の一人として挙げ、同じ時期の別のエッセイ「マリー・ローランサン嬢」では彼女を「アンリ・マティスとピカソの芸術から生まれた[19]」画家であるとしている。

アポリネールと、ピカソ、詩人のマルゲリート・ジロ、そして自分自身を描いたローランサンの『芸術家仲間――アポリネールとその友人たち（第一ヴェルシオン）』（一九〇八年）は、同じ年の『自画像』や『ジャン・ロワイエールの肖像』などと並んで、早くもキュビスム的手法によって描かれている。人物の顔に陰影をつけて奥行きを与える伝統的な描き方ではなく、形体を単純化して平面的に描く手法は、その前年頃までの写実的な絵と比べれば、明らかにキュビスムの影響が考えられる。

『優雅な舞踏会』に戻れば、踊りを踊る二人の少女とマンドリンを弾く少女の三人は、五人の人物（娼婦）を描く『アヴィニョンの娘たち』と構図の点でも、人物の細長い顔や、紗《うすぎぬ》をまとった細い肢体という点でも似ている。三人の少女の脚は足首がねじれ、その先の足の部分は単純な三角形で表現され、もちろん指などはない。人物をリアリスティックな細部によってではなく、本質を単純な線によって捉えるローランサンのこの絵の手法はキュビスムのものである。

そのローランサンの絵も、ジョイスがパリに来てラルボーに会ったその時期、つまり一九二〇年前後には、人間の肉体を変形・歪曲するキュビスム的傾向を弱めている。例えば一九一九年の『舞踊』を前記の『優雅な舞踏会』と比べてみると、腕を組んで踊る二人の少女、楽器を弾く少女という主題は同じで――もう一人少女が加わっているが――構図的にほとんど同じである。しかし一九一三年の『優雅な舞踏会』が見せた幾何学的形体による肉体描写はない。ただし非写実的という意味でもキュビスム的名残はのちのちまで続いている。

ローランサンがルチアを描いた時期は確定できないが、仮にも彼女がキュビスムの手法でルチアを描いていたとしたら、それはどのような絵になっていただろうか。アポリネールが初期のローランサンを含むキュビストの作品について言ったように、「本質的な現実を高度の純粋さをもって定着[20]」したような絵となっていたのだろうか。ルチアの「本質的な現実」とは、人生に多くを期待しながら満たされない不安な魂であったのだろうか。

肖像画探し

ルチアの肖像画に言及したポール・レオンの手紙を読んだのは、バッファローへ初めて行った二〇〇九年から遡ればちょうど二〇年前のことである。その絵のことが妙に気になり、一九八九年のその夏、アイルランド行きを予定し、帰途パリに寄ることを計画していた私は、ついでにそこで肖像画を探してみようと考えた。

その年、まもなく梅雨が本格的に始まろうとする頃、長野県の白樺湖へ行く機会があり、湖から車で一〇分ばかりの蓼科ローランサン美術館を訪れた。霧雨の降るなかに白亜の美術館が建ち、静寂のなかで絵を見る贅沢を思った。展示された作品のなかにルチアを思わせる絵はなかった。試みに館員に肖像画のことを話してみると、ローランサン美術館東京学芸員の本多美佐子さんの名前を教えられた。

旅行のあと本多さんに宛てて書いた手紙の返事で、ローランサンのことならばこの人だという、「パリ装飾美術館」のダニエル・マルシェッソー氏の名前と連絡先を教えられた。マルシェッソー氏に肖像画探しのことを書き、一カ月後のヨーロッパ行きの際可能ならばお会いする機会を得たいと伝え、出発前に日本で返事を受け取ることが時間的に無理かもしれないと考え、ダブリンの住所も書いておいた。

マルシェッソー氏からの返事はダブリンでも日本でも受け取ることができなかった。しかし電話をしてみることはできるだろうと少し甘く考えていた。ところがパリで装飾美術館に電話を入れてみると、氏はバカンスでパリを離れているという。失望もし、自分のうかつさを思ってもみたが、一方では、もともと幻を追いかけるような話、このような努力はやめたほうがよいだろうと諦める気持にもなった。しかしパリへ来た目的の一つが失われることはいかにも無念であった。

そうして思い出したのはジョイスの孫のスティーヴンだった。彼は五〇代半ば、パリに住み、少なくとももしばらく前まではOECD（経済協力開発機構）に勤務していた。けれども、ダブリンのジョイス研究者の集まりの評判では彼はかなり気難しい人物とのこと、そうでなくとも生存する数少ないジョイスの直接の縁故者とあれば、彼を求めて接触しようとする者が多いはず、見知らぬ人間の電話を迷惑に思わないわけがなかった。迷ったあげく、門前払いを覚悟でホテルの部屋からダイヤルした。電話に出たのはいきなりスティーヴンだった。

ローランサンの描いたあなたの叔母さんの肖像画を見たいと願っている、有り場所をご存じならばお教え願えないだろうか。ところがスティーヴンは予想外に親切だった。「ルチアの肖像画？『書簡集』のどこに書いてある？ 一九三三年五月？」と、近くにいる夫人に『書簡集』を持ってこさせている様子。

結局、スティーヴンも肖像画のことは知らなかった。スティーヴンによれば、一家がローランサンと最後に会ったのはヴィシーだということで、現在そこの市立図書館にKという女性が勤務している、スティーヴンに教えられたと言って訊いてみてはどうかと私に勧めた。ヴィシーはパリから急行で三時間ほどの都市、第二次大戦時、一家は一時この町で疎開生活をした。本書二〇頁で言及したサン・ジェラン＝ル＝ピュイはヴィシーから約二〇キロの村である。

電話はそれからしばらく雑談になった。この時のダブリン行きで、私はアイルランド政府の役人でジョイス研究家でもあるF氏に、ジョイスが子供の頃学び、『若い芸術家の肖像』の舞台にもなっているクロンゴーズ・ウッド・コレッジに連れていってもらった。F氏の弟が車の運転を買って出てくれた。彼らの親切がなければ、交通不便のこの地を訪れることは難しかった。スティーヴンはこのF氏の親しい友人だった。電話をするとき、最初にF氏の名前を持ち出すこともできたが、名前を利用するという感じにためらいを覚えた。ここで初めてF氏の話をすると、スティーヴンは、クロンゴーズへ行った？　それはよかった、F氏ね、ではJapanese collectorを知っているかと訊く。そのとおりで、私をF氏に紹介したのはこの〝コレクター〟のS氏だった。S氏はアイルランドに知人の多い実業家で、専門家顔負けのジョイス通であり、『ユリシーズ』の初版本を始め、ジョイスの肖像画、その他この作家に関する貴重なものを所蔵している。

翌日、ヴィシー市立図書館に電話をし、K夫人と話ができた。彼女もまた肖像画のことは知らず、パリの「装飾美術館」にローランサンの図録があるはずだから連絡をしてみては、と言う。マルシェッソー氏という振り出しに戻ったわけである。

日本に帰るとマルシェッソー氏の手紙が待っていた。家族によれば、帰国が近かったので転送しなかったと言う。氏はダブリンにも手紙を出したという。装飾美術館所蔵の図録を調べたが、肖像画のことは分からなかった、パリに画塾を開いた故ラブルール氏の夫人が今も健在で、八〇歳代後半と思われるが、記憶力もしっかりしている、ルチア・ジョイスという名前で思い出されることがあるかもしれない、問い合わせてみてはどうかとあり、夫人の住所が書かれていた。

マルシェッソー氏にはすぐに礼状を出したものの、私は夫人に手紙を書くことを怠った。当面のことに追われたためでもあるが、肖像画の行方を知ることは不可能と諦める気持が先走った。幻の絵を心のなかに抱いているのもよいかもしれないと思った。

ジョイス生誕一一〇年目の一九九二年、六月一六日の「ブルームズ・デー」がめぐって来たとき、ふたたびルチアの肖像画が気になりだした。高齢のラブルール夫人が今もお元気だろうかと、半信半疑で手紙を書いた。すると一〇日もしないうちに返事が届いた。

澄んだ空気を求めて今サヴォア[21]に滞在している、七月一九日の百歳の誕生日には皆が集まって祝ってくれるのでパリに帰る、そのとき画塾の関係の書類を見てみましょう、自分は当時秘書をしていたから、とあった。

八〇代どころか、あと一月もしないうちに百歳だという。字こそ比喩は悪いがみみずが這うようで読みづらいものの、要点を押さえた無駄のない文章、しかも単に事務的でなく暖かみもある、何より反応の早さ、大した百歳であると感服した。

七月末に第二信が届いた。そこにラブルールの開いた画塾の最初の生徒六人の名前が書かれていた。「マドモアゼル・ジョイス」の名前が間違いなくあり、さらに日本大使館を連絡先とする「マダム・サワダ」、つまり澤田美喜の名が書かれていた[22]。リストの日付は「一九三二年一一月二二日」。アカデミーの最初の教師は「ローランサン、ヴィルヌーヴ、ラブルール」の三人。夫人は、自分もはたちのとき、ローランサンに肖像画を描いてもらった、ジョイス嬢の肖像画については記憶がない、画家の自宅で制作されたものと思う、「それ以上のことは分かりません。遠い昔のことです」と書かれていた。

夫人の自筆の手紙は前回は十分に読めたが、今回は判読できない箇所があり、勤務する大学の同僚のフランス人教師に助太刀を求めた。視力を失いつつあると読めるという。そのような状態で手紙は書かれたのであった。

驚いたことに、ラブルール夫人の住むアパートは、広いパリで、同僚教師が学生時代に住んでいたところで、彼女はその屋根裏部屋に下宿していたのだという。ジョイスはこのような偶然や因縁を面白がる作家であった。

――この偶然を、運命的と言えば大げさだが、何か啓示のように考えて、この先も私は肖像画を求めてゆくのだろうか……。

二〇年近くも昔のそのとき、私はそう思ったものだった。しかし一方でこの努力はむなしいことを十分知っていた。

幻の肖像画

二〇〇九年の「ジョイス展」図録のジョイスの母親メアリ、通称メイに続く頁はルチアの肖像画であった。もちろんローランサンによる肖像画ではなく、頁をめくった先に現われたのはトゥオヒーが描いたルチアだった。

メイ・ジョイスの孫、ジョイスの娘の肖像画は、メイと同じくセピア色の紙に鉛筆で描かれている。これもまた写真の模写だろうか。しかしメイの肖像画については「一八八八年の写真」を元にしたという断わり書きがあるが、これにはない。対応するルチアの写真も見たことがない。一九二七年の作品だというが、このときのルチアは一九歳か二〇歳である。だがその肖像画にはこの年頃の、俗に言う〝色香〟がない。短く刈り上げた髪はそれだけで少年っぽいが、丸みのない頬がいっそう女性らしさを減じている。写真家ベレニス・アボットが撮った、くっきりとした二重まぶたの、いくぶん垂れ目がちな、やや潤んだ瞳の、可憐ささえ感じさせる同じ時期のルチアとは遠い［iv頁の写真参照］。舞踊と取り組み、舞台にも出ていたルチアにインタビューをした「パリ・タイムズ」の記事は、「背が高く、ほっそりとしていて、際立って優雅、茶色のショートカットの髪、青い目、きれいな肌」[23]と書いているが、セピア色の紙のスケッチにルチアの髪の毛や目や肌の色は表われないとしても、その記事にうかがわれる彼女の魅力はこの絵にはない。何よりもここにはやわらかな感情が流れていない。

トゥオヒーの肖像画が描かれた一九二七年、ルチアは前年の秋頃から本格的に始めた舞踊に打ち込んでいた。その舞踊をやめるのは翌々年のことである。その頃には精神の異常な徴候が徐々に現われていた。ルチアの精神の病いへの傾斜がそれを遡って始まっていたとすれば、トゥオヒーの絵は、ルチアが見せた一瞬の心の虚ろさを捉えたものであろうか。

ルチアを描いた絵はそう多くない。青春期から精神に変調を来したルチアが、長時間、画家のモデルとして坐っていることは無理だったのかもしれない。画家のマイロン・ナッティング（一八九〇－一九七二）がスケッチした、机に向かって鉛筆を動かす一五歳頃のルチア、同じくナッティングによるはたち前後のルチアの油彩画が主要なものである。ナッティングはいわゆる「パリのアメリカ人（自国離脱者《エクスパトリエット》）」の一人で、ジョイスがパリに移住した翌年には早くも彼と親交を深めていた。そのナッティングのあとのほうの絵も、目を伏せているルチアを斜めから描いたものである。

ローランサンならばルチアをどのように描いただろうか。

しかし、一九三三年のポール・レオンの手紙に触れられている、トゥオヒーによるジョルジオのパステルの肖像画も、ローランサンのルチアの肖像画も、バッファローの「ジョイス・コレクション」にはない。トゥオヒーは一九二七年にアメリカに渡り、二九年にニューヨークで個展を開き、高い評価を受けたが、翌年、ガス中毒死した。家族は否定したが自殺と考えられた。ジョルジオの肖像画もルチアの肖像画もともにアメリカへ行く直前に描かれたものと推測される。いずれにしても、ポール・レオンの手紙が存在を保証していた彼らの絵の所在は分からない。

一九二九年、ハリーとカレス・クロスビー夫妻は、彼らの出版社「ブラック・サン・プレス」から「進行中の作品」の断章「オントとグレースホーパー」を出版した。この時、表紙を飾る肖像画の描き手としてピカソを候補に考えた。カレスによれば、ピカソは依頼に対して、自分は肖像画はほとんど描かない、特に「注文では」、と答えたというが、これも、もし（描いていたならば）、と想像してみることはできる。ユングは『ユリシーズ』について、「現実の像を見きわめがたいほど複雑な絵画に解体する」[24]作品であるとして、この小説をキュビスムになぞらえた。もしピカソが描いていたならば、ジョイスの肖像画は、『ユリシーズ』の作者であるにふさわしく、彼であると「見きわめがたいほど複雑」に「解体」されていただろうか。

ローランサンがルチアを描くのはいつの頃かは明らかでなく、アーサー・パワーの推測する一九二五年から一九三一年の間とも、ルチアがローランサンの教える新設の画塾に学んだ一九三二年から一九三三年の間とも考えられるが、そのいずれであってもルチアの精神の状態が不安定となった時期と重なる。この頃にはローランサンはキュビスム的手法から離れていた。しかしこの時期の彼女の絵にキュビスムの痕跡がないわけではない。ルチアを描こうとしたとき、その始まりを目で見、影響を受けたキュビスムの手法をもしローランサンが用いたとすれば、それはどのような絵になっていただろうか。ルチアは統合失調症を病んでいたと考えられている。彼女の病気がもしこの精神のコントロールの困難な疾患であったとすれば、肉体を分裂・

解体して描くキュビスムは、比喩的に、象徴的に、ルチアを表現していたと言えるかもしれない。

実際にはもちろん、ローランサンのルチアの肖像画はそのようなものではなかっただろう。画家はこの娘を、彼女が描く、ロマンスを夢見る少女たちに仲間入りさせたに違いなかった。それにしても、ローランサンはいったいルチア・ジョイスをどのように見たのだろう。もし初めて会ったのが彼女の画塾に入ってきたときであったとすれば、おそらく、まずはパリで評判の『ユリシーズ』の作者ジョイスの娘への関心であっただろう。けれども、ルチアがひどく気にしたいくぶん斜視であるという欠陥はあれ、整った品のある顔立ち、その顔に不安定なものを感じさせる娘に、ローランサンが関心をそそられたということは十分ありうる。心の病気、少なくとも安定しない精神を抱えるルチアは、ローランサンの少女たちの、頼りなげでどこか現実離れした雰囲気と通じるところがある。ローランサンの描いたルチアの肖像画は、したがって想像できなくはない。そもそも写実性を無視したローランサンの絵は、それによってだれがモデルであるとは判じがたい種のものである。前に引いたアポリネールのことばをその先も含めてもう一度引用すれば、「本質的な現実を高度の純粋さをもって定着し、さらに、逸話風な人物の偶有性を排除する」[25]、そのような絵であった。存在感の稀薄さ、宙を見つめる目、細いからだの線、それらはそのままルチアを描くためのような特徴である。薔薇色や淡青色のドレスをまとう少女たちは、舞踊を習ったルチアの舞い姿のようでもある。

ローランサンと愛し合った詩人アポリネールは、恋人のことをこのようにも言った。「芸術家としてのローランサン嬢は、ピカソと税官吏ルソーのあいだに位置づけられる。彼女の芸術は、芸術を光の洗礼で浄める新しきバプテスマのヨハネ・ピカソの芸術と、愛が主知主義の最果てにまで導いていった、贅をつくしたあどけない老人、感傷的なヘロデ王・ルソーの芸術にかこまれて、サロメさながらに舞い踊っている。[26]」

舞踊を愛した少女を描く舞い踊る画家の絵、できれば見たいという思いは淡いけれども続くだろう。

ローランサンの絵を格別好むかといえばそうでもない。センチメンタリズム、マンネリズム、少女趣味、派手な色彩……と否定的な評言が浮かぶ。それでも見たいと思うのは、もちろんローランサンが画家としてルチアをどのように描いたかを知りたいということではあるが、斜視やあごの傷跡を気にした心を病む少女が、画家のモデルになったその時ばかりは気位高く自分を保っていたのであってほしい、そのような彼女をその絵に感じたい、そしてまた当代一流の画家に娘を託し、彼女が絵を描くことに精神の出口を見出してほしいと願った、その父親の痛切な気持をその絵をとおして感じたいということであろうか。

しかし、絵の所在に触れている文献はどこにもなく、ローランサンの画集や展覧会の図録にも一九三〇年前後の絵にルチアを思わせるものはない。バッファロー大学「ポエトリー・コレクション」副主任ジェイムズ・メイナード氏に確かめてもみたが、コレクションにはないという。ローランサンのルチアの肖像画はやはり幻の絵に留まるほかはないのだろう。

4　〝リズムと色彩〟

マーガレット・モリス校

一九二〇年、一家でパリに移って間もなく、ルチア・ジョイスは舞踊を習い始めた。各種の舞踊を次々と習い、一九二五年にイギリス人舞踊家マーガレット・モリス（一八九一－一九八〇）の舞踊学校に入学、翌年四月にはモリスの舞踊団に正式に入団した。ルチアの舞踊仲間の一人であったドミニク・マロジェの手記によると、モリスの夫のジョン・ダンカン・ファーガソンは、一〇年以上も前の一九一二年、ジョイスとダブリンで会っているという。[1] 一九一二年は、ジョイスが七月、モーンセル社との『ダブリンの市民』出版交渉のためにダブリンに来て破談となり、九月にトリエステに戻った年である。その二カ月弱のあいだにダブリンから二〇〇キロ以上はあるノラの郷里ゴルウェーも訪れているので、その間のいつ、どのような状況でファーガソンがジョイスと会ったのか想像しにくいが、これが事実ならば、モリスの学校にルチアが入ることをジョイスが認めたのも、そのようなつながりがあったからかもしれない。[2]

一九二二年、マーガレット・モリスは自国イングランドに舞踊学校を設立した。舞踊学校とはいえ、通常の学校の科目を組み込んだもので、一九二五年、パリのブルドネ通りにも同種の学校を開いた。ルチアは同年一一月にそこに入学した。エッフェル塔に近いブルドネ通りは、ジョイス一家がその頃住んでいたスクワール・ロビアックから徒歩で通える距離にあった。モリスの教育方針は彼女の著書『マーガレット・モリスの舞踊』[3]にうかがうことができる。

この著書でモリスは、職業的な舞踊家としての技術習得以前に健康な肉体を作ることを強調し、太陽、はだし、肉体の鍛錬、バランス感覚の強化を勧め、プログラムに従って反復・訓練を行なった。モリスはこの思想に基づいて、イングランド、南仏、北仏、ベルギーの海岸でサマー・スクールを開いた。一方でその訓練には芸術的・創造的要素がなければならないとし、人はだれでもある程度芸術家であるが、それが最も強く現われるのは子供時代であり、彼らの五感をとおして芸術的感覚を鍛えねばならないと論じた。その時留意すべきは、リズムに対する感受性を伸ばすことである、とモリスは言う。

リズムは最も重要で最も基本的な要素であり、視覚、聴覚を問わずリズムをもつあらゆる形態に対して、即座に筋肉的に反応のできることが踊り手にとって肝要なことである。[4]

リズムを中心とする音楽教育がこうして重要視されるが、同様に重要とされたのは絵画教育であった。舞踊は特に舞台で演じられる場合は視覚美が問題となるが、その感覚を鍛えるために、生徒は「形、線、色彩」の組み合わせを考え、それを小さな紙に表わすことを求められる。「形、線、色彩という基本を小さな紙の上で理解すれば、あとは舞台の大きさに応用することは拡張・拡大の問題にすぎない。[5]」このようにして生徒は右の三つを組み合わせた抽象的デザインによって絵を描き始める。

モリスの絵画教育に影響を与えたのは画家のジョン・ダンカン・ファーガソン（一八七四―一九六一）であった。

一九一三年、パリで現代運動の絵画を勉強していたとき、私は初めて形と色に動きを結びつけることが絶対に必要であると悟った。その時からこのことを自分の学校の主要な科目に組んだ。私は画家のＪ・Ｄ・ファーガソンから大きな恩恵を受けた。ファーガソンは数年間私の学校で絵画のデザインと彫刻を教え、視覚的な観点から舞台を考えることの可能性と、形と色彩の勉強を教育の手段として捉えることの価値を最初に私に気づかせてくれた。[6]

同趣旨のことをモリスは別の著書でも語っている。

一九一三年、パリでJ・D・ファーガソンと初めて会ったとき、彼は、舞踊は視覚芸術だからすべての踊り手は絵画 painting とデザインを学ぶべきであると言った。完全な表現の自由を可能とするような自由な絵画の基礎をどのように与えられるか、彼はその大筋を示した。その時から私はこのことを私の学校のトレーニングの中心に据えた。サマー・スクール（一九一七年に始まった）では全生徒に絵画を奨励し、最終日には彼らの絵を展示した。[7]

マーガレット・モリスの学校ではこのようにして音楽と並んで美術が重要な科目となった。ファーガソンはここで美術教育を担当した。

ルチア・ジョイスの直接の指導者となったのはマーガレット・モリスの二人の弟子、ロイス・ハットンとエレーヌ・ヴァネルであるが、モリスの方針は引き継がれた。ファーガソンと会った一九一三年以降、モリスは彼を生涯のパートナーとするが、その方針は、美術教育の導入自体がそうであったように、ファーガソンの影響を反映していた。

画家ジョン・ダンカン・ファーガソン

ジョン・ダンカン・ファーガソンは日本ではあまり知られていない画家ではないだろうか。しかしその人間関係は意外な広がりをもっている。

ファーガソンは一八七四年、スコットランドのエディンバラに生まれ、はじめ医学を学び、その後絵を描き始めた。最初ホイッスラーの絵に親しみ、一九〇七年にパリに移住したあと、マティス（一八六九－一九五四）らの野獣派《フォーヴィスム》の影響を受け、「サロン・ドートンヌ（秋の美術展）」や「サロン・デ・ザンデパンダン（独立美術家展）」に定期的に出品するようになった。ジョン・ペプロー（一八七一－一九三五）、ジョージ・レズリー・ハンター（一八七七－一九三一）、フランシス・C・B・カデル（一八八三－一九三七）らとともに「スコットランドの色彩派の画家たち」と呼ばれることもある。

先のマーガレット・モリスの文にあるように、彼女がファーガソンと知り合うのは一九一三年であるが、それより前の一九〇七年夏、ファーガソンは北仏の海岸のリゾート地、ル・トゥーケ・パリ・プラージュでアン・エステル・ライス（一八七九－一九五九）という女性と出会った。「パリ・プラージュ」という題の作品はファーガソン自身や友人の画家ペプローらに幾点かある。二〇〇二年以来、パリ市では毎年夏の間、セーヌ河岸に人工砂浜が作られ、パリ・プラージュの名で市民の憩いの場となっているが、この名称は一八七〇年代から海浜リゾート地として栄えたこのル・トゥーケ・パリ・プラージュに由来している。これらの画家が描いたのはル・トゥーケのほうである。

アン・エステル・ライスはアメリカ・フィラデルフィアの新聞「ザ・ノース・アメリカン」から派遣され、ファッション記事のイラストを描くためにパリに取材に来ていた。ファーガソンはライスに絵の才能を見出して画家になることを勧め、彼女はそれに従った。その後のライスの絵は、ファーガソンの炯眼を裏書きしている。一九一三年にモリスと出会う頃まで、ファーガソンはライスと親密な関係をもった。

一九一二年にアメリカの作家セオドア・ドライサー（一八七一―一九四五）がパリに来たとき、ファーガソンとライスをドライサーに引き合わせたのは、作品の出版に関してジョイスとごたごたのあったイギリス人出版業者グラント・リチャーズ（一八七二―一九四八）である。リチャーズは、一九〇四年、ジョイスの『室内楽』の出版を拒否、翌年と翌々年には、ジョイスが渡した『ダブリンの市民』の原稿について、一旦は受け入れたが多くの削除や改変を迫り、一九〇六年、あげくの果てに出版を拒否した。その後曲折を経て、八年の歳月ののち、一九一四年にようやくこの作品の出版に踏み切った。その顚末をジョイスは「ある奇妙な歴史（A Curious History）」と題する文に表わした。

ドライサーはファーガソンとライスをモデルに「エレン・アダムズ・リン」[8]という短篇作品を書いた。女主人公リンはスコットランド人画家キア・マッケールとパリで知り合い、愛し合うが、やがてキアが若い舞踊家を好きになり、リンを捨てるという物語である。男が別の女性関係のために女を捨てるという筋立ては、その後『アメリカの悲劇』（一九二五年）を書くドライサーらしいが、細部は別として大筋はライス、ファーガソン、モリスの関係を映している。もっとも、ライスはファーガソンがモリスに会ったその同じ年に、イギリス人美術評論家・劇評家のレイモンド・ドレイと結婚しているので、本当の事情はよく分からない。短篇作品中の画家マッケールはあらゆる画家のなかで最もマティスに心酔しているが、ファーガソンも同じであった。

ニューヨークのブルックリン美術館にライスの作品『エジプトの踊り手』（一九一〇年）［図1］がある。一九〇九年にバレエ・リュス、すなわちロシア・バレエ団が『クレオパトラ』をひっさげてパリに進出してきたことに刺激されて描かれたという絵は、絵画というよりはデザイン性の強い装飾的な様式美をもつ。中心に二人の男性の踊り手、両脇にクレオパトラに似た髪型の女性たち、一人が果物を盛ったトレイを捧げもつ。画面全体はバレエを描いた絵にふさわしく明るく華やかな雰囲気をもち、二〇世紀美術を展示する部屋で際立つ存在感を見せている。地の色の赤、踊り手の上半身の肌色と下半身の空色、その鮮やかな色遣いは明らかにフォーヴィスムのものである。影響はファーガソンによっていっそう強められただろう。実際、ライスの『キャサリン・マンスフィールドの肖像』(一九一八年)をファーガソンの『シナのオーバーコート』(一九〇九年)と比べてみると、これは画集で見るにすぎないが、一見して似ていることが分かる。ファーガソンの作品はライスをモデルにしたという絵だが、人物の背後の壁紙かカーテンに描かれたバラのような花模様や、写実的な綿密さによってではなく大まかに特徴を捉える人物の描き方は、ライスの『マンスフィールドの肖像』に反映している。

ライスの『エジプトの踊り手』はアメリカでの展覧会のためにドライサーに託されたが、戦争に妨げられ、その後六〇年間行方不明となって、二一世紀に入って発見されたという。[9] 絵は二〇世紀初めのパリで活躍したアメリカ人女性モダニストの作品として、ブルックリン美術館の貴重な財産となっている。

あとで触れるように、バレエ・リュスはルチアの入団したモリス舞踊団に影響を与え、ルチア自身、その踊り手たちに憧れを抱いた。

図1　エステル・ライス『エジプトの踊り手』（本書 62-65 頁，134 頁）

図2　マックディアーミッド『ジェイムズ・ジョイスを記念して』のファーガソンによる挿絵（本書 221-222 頁）

一九一一年夏、イギリス人評論家ジョン・ミドルトン・マリ（一八八九―一九五七）が美術・文芸評論誌の創刊を企図した。雑誌は「リズム」と題され、最初の一年間は季刊、一二年六月からは月刊、しかし翌年の三月号で終刊となった。短命に終わったが、マリの恋人でのちに妻となるキャサリン・マンスフィールド（一八八八―一九二三）は、「リズム」に多くの作品を発表し、この雑誌で短篇作家としての地位を確かにした。

ファーガソンはマリに請われて美術関連の編集と装幀を担当、ゴッホ（一八五三―九〇）の書簡（第二号・一九一一年秋）や、ピカソ（一八八一―一九七三）、アンドレ・ドラン（一八八〇―一九五四）、ゴーディエ＝ブルゼスカ（一八九一―一九一五）らの作品を載せ、この雑誌の前衛的な性格の形成に寄与した。恋人であったエステル・ライスの作品数点も「リズム」に掲載したが、ライスはそれに値する力量を見せた。

「リズム」が廃刊となった一九一三年、ファーガソンはマーガレット・モリスと出会い、ライスとの関係も終わった。ファーガソンとモリスは終生のパートナーとなった。一九一五年、二人はロンドン・チェルシーのモリスのスタジオに「マーガレット・モリス・クラブ」を作った。「クラブ」はロンドンの文化的拠点の一つとなり、前衛的な作家や芸術家のたまり場となった。常連のなかには、エズラ・パウンド、オーガスタス・ジョン、ウィンダム・ルイスといった、ジョイスとつながりのある人物も少なからずいた。

パウンド（一八八五―一九七二）は、先に書いたように（本書七頁）、ジョイスの人生の転機を作った人物である。一九一三年、編集する詩集『イマジスト』にジョイスの詩を入れようと彼に了解を求めたのが関係の生じるきっかけであった。以後、彼はジョイスの文学を擁護し、パリではその宣伝役を務めた。しかし『フィネガンズ・ウェイク』については否定的な見方をした。ジョイスはそのような彼を揶揄して、「余分の一ペニーにE・P狂喜。／どこに転がっていようとお構いなく。／一ポンド（パウンド）余計に送ったJ・Jは／お調子者」と詩に書いた。ある程度の革新は受け入れてもそれ以上の受容力はパウンドにはない、とからかったものである。

ウェールズ出身の画家オーガスタス・ジョン（一八七八―一九六一）は肖像画に秀で、W・B・イェイツや、「アラビアのローレンス」のT・E・ローレンスや、トマス・ハーディら有名人の肖像画を描いた。一九三〇年一一月、ジョイスは『ジョイス・ブック』に載せる肖像画のモデルをつとめたが、できた絵の「顔の下の方」が気に入らなかった。「顔の下の方」、つまり絵に描かれたそのあごは突き出しているが、これは彼の顔の特徴である。カリカチュアではもっと誇張されていることがある。しかし、オーガスタス・ジョンのこの絵は、肖像画と言っても茶褐色の鉛筆のスケッチであるが、むしろ品よく仕上がっている。一九三六年にブラック・サン・プレスから出たジョイスの『詩集』の口絵には彼のこの絵が使われた。

ジョイスと同年生まれの画家で評論家のウィンダム・ルイスは、『時間と西欧人』（一九二七年）で、ジョイスをベルクソンの思想の系譜に属する時間偏向人間だと批判、ジョイスはそれに対して『フィネガンズ・ウェイク』第一部第六章の寓話「ムークスとグライプス」（イソップの「狐と葡萄」のもじり）と第三部第一章の寓話「オントとグレースホーパー」（イソップの「蟻とキリギリス」のもじり）で、時間人間も空間人間も互いに補完しあう存在だと反論した。

ジョイス自身とファーガソンとの関係について言えば、先に記したように、二人は一九一二年にアイルランドで会ったというが、後述する『ジェイムズ・ジョイスを記念して』（一九五五年）の著者ヒュー・マックディアーミッドは、序文にファーガソンとジョイスが知り合っていたことに触れている。「特に私はパリでジョイスと交際のあったわが友人、スコットランド人画家のなかでも傑出した八〇代の長老画家に、この本を飾る口絵と挿絵を共感をもって準備していただいたことに感謝したい。[10]」長老画家はもちろんファーガソンのことである。ジョイスが八歳年長のこの画家とどのようなつき合いがあったかは分からないが、両人のそれぞれの交友関係の広さを語る。

〝リズム〟

ミドルトン・マリの雑誌「リズム」に対してファーガソンはその前衛的性格の形成に寄与したと先に書いたが、彼の貢献はそれ以上に、この雑誌の「リズム」という題の命名にあった。彼はライス、ペプローら、画家仲間の意見も入れて〝リズム〟を提案した。この命名について、二〇〇〇年と〇一年にロンドンとエディンバラで開催された展覧会「スコットランドの色彩派の画家たち」の図録に言及がある。

それによれば、彼ら「スコットランドの色彩派の画家たち」は〝リズム〟を音楽、絵画、言語に共通する重要な概念として捉えた。その根底にアンリ・ベルクソンの〝リズム〟の哲学があったという。マリはファーガソンらの考えに共鳴し、雑誌を「リズム」と命名した。右の図録の解説には、「彼らはベルクソンの〝自然の本質的な調和と統一〟についての理解を共有した」[11]とある。これはどのようなことを意味したのだろうか。

ベルクソンは著書『時間と自由』の第一章「心理的諸状態の強さについて」のなかで「美的感情」について論じ、次のように言っている。

ぎくしゃくした運動が優美さに欠けるのは、各々の動きが自己完結していて、それに続くはずの動きを告げていないからである。……動きやすさの知覚はここでは、時間の歩みを言わば留めて、未来を現在のうちにつなぎ止めるという快感のなかに溶け込むようになる。[12]

「未来を現在のうちにつなぎ止めるという快感」、つまり、次を予期できるということがリズム感だということであろう。舞踊家の動きを見るとき、「リズムと拍子は、舞踊家の動きをいっそうよく予見できるようにする」[13]。その結果、私たちはその動きの主人だと思うようになり、快感を覚える。それは「身体的共感」と「精神的共感」との間に親和性があるからで、楽しさはそこから来るのだという。

では、ベルクソンは、リズムとは均一の拍子であるとのみ考えるのだろうか。

ベルクソンの名前が最もよく知られるのは、その「エラン・ヴィタール」の思想による。「生命のはずみ」あるいは「生命の飛躍」と訳されるこの言葉を、ベルクソンは著書『創造的進化』で創り、論じた。生物の進化は、単に物質的な構成がより複雑に変化することによってではなく、内的な生命の衝動によって生じ、したがって創造的進化は徐々にではなく、飛躍的に生じるという思想である。

リズムが流れに力点を与えることによって生じるならば、これは生命の跳躍と類似する。「エラン・ヴィタール」とはいわば内的リズムであり、それは時間の等分によって生じるものではない。

オリヴィエ・メシアン(一九〇八―九二)は、しばしばベルクソンの思想と重ねられ、類似性を指摘される作曲家である。ピエレット・マリの評伝『メシアン』には、「明らかにリズムは彼にとって、持続がベルクソンに対してもっていたのと同様の――それ以上ではないにしても――重要性をもっている。この二人の歩みには非常に共通する関心があり、共に相似た道を辿っている」[14]とある。そのメシアンの音楽は、西欧の音楽とは異質のインドやアフリカの音楽に共鳴して作られた音楽であり、古典音楽のリズム感とは異なり、「均等な拍動から解放」された「無拍子音楽[15]」と称される。しかし彼はみずからを「何よりもリトミシャン[16]」であると言った。リズムは「持続を表現する自然界の事物の象徴[17]」であると言い、小鳥の歌声を採録し、それを用いて作曲をしたが、小鳥たちの歌は等間隔を原理とするリズムから成っているわけではない。メシアンのリズムは、ベルクソンにおける「エラン・ヴィタール」、生の躍動が生む「生のリズム」と似ている。

ファーガソンがベルクソンの哲学から「リズム」の思想を学んだのは、このような意味での

「自然の統一と調和」ということではなかっただろうか。

ミドルトン・マリは言う。

ファーガソンにとって、リズムは絵画や彫刻の本質であった。ロシア・バレエがシャトレ[18]のシーズンに向けて西欧に初めて来たのはその頃だったので、舞踊は明らかにリズムによって造形芸術と結びつけられた[19]。

ファーガソンが〝リズム〟の題を提案したのは、マリが雑誌創刊を目論んでいた一九一〇年に彼のアトリエを訪ねてきたときで、画家はたまたまこの時『リズム』と題する絵を描いていた。このような偶然も〝リズム〟という題名の採用にはずみを与えただろう。絵は林檎の木のかたわらに坐る裸婦で、右の手に林檎を載せている。「イヴか豊饒の女神ケレス」[20]を思わせる絵で、写実主義を脱したファーガソンの最初のモダニズムの作品になったと言われる。林檎の色と肌のピンクの色で画面は華やかで、色彩派らしい面目が表われている。

マリの雑誌「リズム」の表紙は、右の作品『リズム』をもっと単純化したファーガソンのモノクロの絵である。

一九一二年六月号「リズム」には、マリとマンスフィールドが連名で「リズムの意味」と題する宣言書を書いている。「芸術と芸術家は完全に一つである。芸術は自由であり、芸術家も自由である。芸術はリアルな存在であり、芸術家もリアルな存在である。芸術は個的存在であり、芸術家も個的存在である。両者の単一性は究極にして不動である。それは生の真髄をなす運動である。素晴らしい冒険であり、リズムの永遠の探求である。」

「リズム」は芸術の本質であるという思想の表明であるが、前述のマーガレット・モリスの著書に見られた〝リズム〟も根底には同じ思想があろう。その後ルチア・ジョイスが学ぶ舞踊学校の教師が作った雑誌の題名は「リズムと色彩」であった。〝リズム〟は時代の鍵言葉であったと言えるかもしれない。

雑誌「カイエ　リズムと色彩」

ダンカン・ファーガソンの妻マーガレット・モリスは、一九二二年にロンドンでモリス舞踊学校を作り、二五年にパリで同種の学校を作ったあとロンドンに戻ったが、ルチア・ジョイスはこのパリ校で舞踊を学んだ。ルチアの指導者となったのは、若い教師、ロイス・ハットンとエレーヌ・ヴァネルであった。

ロイス・ハットンはスコットランド出身の女性で、モリスとともに教鞭を執っていたが、モリスが帰国したのち、彼女のもう一人の弟子、エレーヌ・ヴァネルを助手にして生徒の指導に当たった。二人は南仏のサン＝ポールへも出かけてモリス同様にサマー・スクールを開き、広々とした自然環境で生徒の創造精神を鍛えた。

この若い二人の教師は意欲的な理想主義者で、年二回、評論や詩や写真、そのほか催しの報告・予告等の掲載を目的とする雑誌「カイエ　リズムと色彩」を発行した。

二二の項目に分類されたバッファローの「ジョイス・コレクション」の一つが「ルチア・ジョイス資料」で、この「ルチア資料」は一五のフォルダーに分けて入れられている。ルチアがその手で触れていたこれらの資料はいかにも生々しい。

「ルチア資料」の「フォルダー・一」に収められているのは、一九二五年一一月発行の雑誌「カイエ　リズムと色彩」の第二号である。

ロイス・ハットンとエレーヌ・ヴァネルはみずから執筆もし、「カイエ　リズムと色彩」は彼女たちの芸術論や詩作品の披瀝の場となった。Ａ５判の大きさの赤い表紙の冊子には若い情熱が現われている。ハットンはこの第二号に論文と詩を載せている。

「幼児はいかに芸術と取り組むか」と題したハットンの論文は、幼児はまず抽象から絵を始め、色は緑やピンクを好むこと、再現性は多くの場合母親や乳母のことばから始まるが、この時期の助言や批評は概して妨げになるといったことを論じている。そこに掲載された幼児の絵数点は、のびやかで、しかも表現力に満ち、彼女たちの幼児教育が実を結んでいることを示している。

ハットンの詩は「抗議」と題されている。

風、月、走る雲
銀色に光る海。
これが生命。
太陽、雨、震える草
イチジクの木は秋の黄金色に色づく。
彼らに生命はないだろうか。
赤く染まるブドウの木——たたきつける嵐
暗く、雷鳴の轟く丘々
彼らは生きている。
偽善者たち——おべっか使いの俗人たち

中傷に走る卑劣な者たち
彼らには死の臭いがする。

〝自然と人間〟を〝生と死〟の二項によって対立させて、人間世界の悪に〝抗議〟している。自然と生（すなわち善）、人間と死（すなわち悪）として捉えたハットンの詩はやや図式的で、イメージに格別新味があるというわけでもないが、伝統に抗し、いわゆる古典バレエではない新しい舞踊の姿を追い求めていた彼女たちの若い自負と反逆の精神が表われている。

雑誌の題名の〝リズム〟と〝色彩〟は、聴覚と視覚の美を合体させるべき舞踊という芸術ジャンルの基本の要素であり、ハットンとヴァネルの雑誌のこの題名は、二つの要素によって成る芸術の追求が彼らの目的であることを示している。それはまたマーガレット・モリスの学校が、〝リズム〟すなわち音楽と、〝色彩〟すなわち絵画を柱としていたことを表わしてもいる。

〝リズム〟は、ファーガソンら画家が芸術の根本であると考え、また舞踊家で教育者のモリスが訓練の基本としたことであった。舞踊の優雅さは健康な肉体から生まれ、健康な肉体は内的な抑圧から解放されるときに得られると考えるモリスにとって、その解放をもたらすのが身体のリズミカルな動きであった。モリスの弟子のエレーヌ・ヴァネルは、一九二六年五月号の雑誌「リズムと色彩」に載せた「動き」と題する論文に、「力強く大胆な線は鉛筆を動かす手に刻まれた律動からのみ生じる」[21]と書き、〝リズム〟は「(音楽のみならず)すべての芸術の鼓動」であると論じた。したがって雑誌に「リズムと色彩」という題名をつけたとき、二人の指導者は、芸術の根幹としてのリズムを強調しながら、そのリズムを基礎とし、かつ視覚的美を追求するジャンルとしての舞踊を意味していたと言えよう。

ルチアにとっても「リズムと色彩」は舞踊それ自体を意味していただろう。彼女は自身の肉体によってリズムを表現し、その肉体にみずからデザインした衣装をまとわせた。その時はじめて、彼女の舞踊は彼女自身のものとなった。

しかし、〝リズムと色彩《リトウム・エ・クラール》〟とは、舞踊を意味すると同時に、二つの言葉はそれぞれ、音楽と絵画のことでもある。「脈打つところに生命があるように、リズムのあるところに音楽がある」と言ったのはスクリャービンであるが、リズムは音楽の、色彩は絵画のいわば換喩である。舞踊学校の若い二人の指導者が自分たちの雑誌に「リズムと色彩《リトウム・エ・クラール》」と名前をつけたとき、彼女たちは同時に、音楽と絵画の関係または結びつきというテーマを意識していたのではないか。なぜなら、それは時代を問わない普遍的で永遠のテーマではあるが、二〇世紀最初の四半世紀または半世紀、このテーマへの関心が急速に高まったからである。雑誌「カイエ　リズムと色彩《リトウム・エ・クラール》」

が生まれたのは一九二五年であった。

音楽と絵画の関係は、芸術の歴史において様々なかたちで現われている。互いが他方を題材または素材として取り込む場合、一方が他に触発されて創作行為を促される場合等、音楽が絵画に描かれる例は古来無数にあったし、絵画に刺激されて曲が作られるという場合もあっただろう。音楽が絵画を取り込む例は、それほど多くはないとしても、ムソルグスキーの『展覧会の絵』やレスピーギの『ボッティチェッリの三枚の絵』などがある。

そのような二つの芸術ジャンルの相互関係については、過去、ドラクロワ（一七九八－一八六三）やボードレール（一八二一－六七）やラスキン（一八一九－一九〇〇）、ペイター（一八三九－九四）、ワイルド（一八五四－一九〇〇）、その他多くの芸術家や評論家がそれぞれの議論を示してきたが、特に二〇世紀に入って、この二つのジャンルの結合というテーマへの関心が強まった。

音楽と絵画またはリズムと色彩の合体の試みは、最も過激なかたちでまずスクリャービン作曲の交響曲『プロメテウス』の演奏（一九〇八－一〇）に現われた。彼は鍵盤を叩くと着色された光が放射されるピアノを考案した。これに類する着色光を発する楽器の演奏は、続いてシェーンベルクの『幸福の手』（一九一三年）やバルトークのオペラ『青髭城』（一九一一年、初演一九一八年）で行なわれた。

このような外的な技術による音楽と絵画の結合ではなく、より本質的に自己の芸術に他を取り込もうとした芸術家に、画家のカンディンスキー（一八六六―一九四四）とクレー（一八七九―一九四〇）がいる。

そもそもマーガレット・モリスの作った学校の思想を体現する雑誌「リズムと色彩」の、舞踊という芸術に関わる音楽、絵画、身体表現等を総合的に考えようとする精神は、カンディンスキーやクレーが携わったバウハウスの運動の精神でもあった。バウハウスでは建築を柱に、技術と美術の統合を試みた。

カンディンスキーやクレーの芸術や芸術論は、モリスの学校が作られ、雑誌「リズムと色彩」が発行され、その編集者である舞踊家たちのもとで学んだルチアが生きた時代の精神や動向を示すだろう。

5　音楽と絵画

カンディンスキー

二〇〇九年一〇月、バッファローへ行く途中で訪れたニューヨークでは、折しもグッゲンハイム美術館で「カンディンスキー大回顧展」が開催中であった（九月一八日から翌年一月一三日まで）。

過去最大の回顧展という「カンディンスキー展」は、画家の一九〇七年から、カンバスに描くことをやめた一九四二年に至る作品を網羅するという。

バッファロー大学「ジョイス・コレクション」の雑誌「リズムと色彩」を見ながら、「音楽と絵画」というテーマについて考えてみたくなったのも、実のところはこの展覧会に促されていた。

「回顧展」で、例えばイヤホン・ガイドが最も強調していたことは、画家の絵の音楽性であった。その音楽性は彼の抽象絵画論と切り離すことができない。

著書『芸術における精神的なもの』（一九一二年）でカンディンスキーは言う。人々は芸術作品に自然の単なる模倣、再現を求めようとするが、これは物質主義の結果にほかならない。われわれは芸術の真価を表面的な類似性にではなく、内的な精神的なるものに求めねばならない。そのような芸術は必然的に抽象へ向かう[1]、と。

カンディンスキーがモネの「積み藁」を見たときの話はよく引かれるが、一八九五年にモスクワでこの絵を見たとき、彼は一瞬、そこに何が描かれているか分からなかった。にもかかわらず深い感銘を受けた。この時、絵で重要なのは何が描かれているかではなく、いかに描かれているかであると悟り、抽象への関心に目覚めたという。

モリスの学校で、生徒に肖像画をあまり描かせないこと、似ているか否かに描き手の注意が向けられることを避けたいからとしていたことも、「何が」ではなく「いかに」を重視するやり方であろう。

カンディンスキーのもう一つのエピソードとして、ある日の夕刻、帰宅した彼は、これまた何を描いたか見分けがたいが美しい絵を見た。それは自分自身の絵であったのだが、翌日明るい光の下で見たとき、絵は対象を描くことに腐心するといかに駄目になるかを覚ったという。一九一〇年、カンディンスキーは絵画史において最初の抽象画とされる絵を描く。水彩のその絵には具象を表わすどのような形体も描かれておらず、木の葉とも草とも花とも、ちぎれた昆虫の羽ともつかぬものが秩序なく散らばり、それでいてその薄黄色の地の上の赤茶色と青と緑の濃淡で描かれた絵は不思議な魅力がある。

両親が楽器を演奏し、みずからもピアノとチェロを弾いたカンディンスキーにとって、音楽は身近で、彼の存在と密接につながっていたが、絵画の抽象性に向かった彼が、抽象性を本来の特性とする音楽にいっそう惹かれるのは自然であっただろう。『芸術における精神的なもの』でカンディンスキーは言う。

音楽は、すでに数世紀以来、その手段を、自然現象の描写のためにではなく、芸術家の精神体験を表現する手段として、また楽音固有の生命を創造するために、用いた芸術である。たとえ芸術的な模倣とはいえ、およそ自然現象の模倣にはなんらの目標もおかぬ芸術家、すなわち、自己の内面的世界を表現しようとし、またせざるを得ぬ、創作家たる芸術家は、こうした理想が、今日もっとも非物質的芸術——音楽——において、いかに自然に、またいかに容易に達成されているかを見て、羨まずにおられない。[2]

「すべての芸術は絶えず音楽の状態に憧れる」[3]と言ったのはウォルター・ペイターであるが、カンディンスキーもまた「音楽の状態」に憧れた。

すべての芸術が憧れる音楽の状態を、ペイターは「内容と形式の一致」であると説明している。

……この芸術上の理想、内容と形式とのこうした完璧な一致を最も完全に実現しているのは、音楽芸術である。音楽の最高の瞬間においては、目的と手段、形式と内容、主題と表現とのあいだには区別など存在しない。それらは互いに他に帰属し、完全に浸透し合っている。したがってすべての芸術は音楽に、あるいはその完璧な瞬間における状態に絶えず憧れる傾向があると考えられよう。[4]

内容と形式の一致、これはサミュエル・ベケットがジョイスの『フィネガンズ・ウェイク』について述べた評言でもある。「この作品では形式が内容であり、内容が形式である。人はこれは英語で書かれたものではないと文句を言う。これは書かれたものではないし、読まれるべきものでもない。もっと言えば、ただ読まれるだけのもの、見られるべきものであり、聴かれるべきものなのだ。彼の作品は何かについて書いたものではない、何かそれ自体なのである。[5]」意味の取りにくいこの批評も、ベケットが『フィネガンズ・ウェイク』の音楽性を念頭においていたと考えれば理解しやすい。

カンディンスキーが音楽に憧れると言うとき、もう一つ、彼にとって重要な意味が込められていた。

『芸術における精神的なもの』はカンディンスキーの主著であるが、その著書にこの題名を与えたのは、芸術において最も重要なのは芸術家の精神に発することだという主張による。彼はそれを「内的必然性の原理[6]」と呼ぶ。「音は魂にふれると、ただちに反響をみいだす。人間は、『自己のうちに音楽をもつ』からである。[7]」そのように言うとき、カンディンスキーは、音楽こそ魂と通じる通路をもち、内的要求、内的必然性から生まれる芸術だと考えているのである。両親ともども音楽に親しんだカンディンスキーにとって、音楽はもともと「自己のうちに」あるものであった。

音楽が「自己のうちに」あるというカンディンスキーの感覚には、彼固有のものとしてもう一つの要素がある。稀ではないが一般的ではない要素として、彼は共感覚の持ち主であった。

『芸術における精神的なもの』でカンディンスキーは色彩と楽器との間の自身の共感覚について語っている。

薄青《ライトブルー》はフリュートに、濃紺《ダークブルー》はチェロに似ており、その濃さと深さとを増すにつれて、コントラバスの不思議な音色に似てくる[8]。

ヴァーミリオンは、チューバのような響きをだすが、また力強い太鼓の響きにも比較することができる[9]。

さらに橙色は「力強いアルトの声か、ラルゴを奏でるヴィオラの音色」で、紫は「オーボエや葦笛」あるいは「木管楽器（たとえば、ファゴット）」であるとも言う[10]。

無論、カンディンスキーは、彼が感じるこのような色と楽器の関係を固定して考えているわけではない。ヴァーミリオンに似た赤については「情熱の要素を帯びた中音や低音のチェロの音色を想い出させる[11]」とも言っている。

しかしこのような共感覚がカンディンスキーをして絵画と音楽をより近似なものとして捉えさせていたのだろう。

ルチア・ジョイスの舞踊学校の教師の出す雑誌の題名「リズムと色彩」は、〝リズム〟と〝色彩〟、つまり〝音楽〟と〝絵画〟の結合への二〇世紀前半の時代的な志向を反映していると考えられるが、この志向の理論的根拠の、少なくとも一つは、こうしてカンディンスキーに見出される。

ではカンディンスキーは音楽と絵画の結合を自身の作品にどのように具現しただろうか。グッゲンハイム美術館の「回顧展」には、初期の抽象画以前の作品も含めて、抽象性・音楽性を示唆または表現する作品が並んでいる。ただしカンディンスキーは抽象に転じたあとも完全に再現的要素や現実のオブジェを排しているわけではない。

作品のいくつかに目を留めてみたい。

「回顧展」図録解説によれば、カンディンスキーは一九〇六年から〇七年にかけてパリに滞在したとき、ジョルジュ・ブラック、アンドレ・ドラン、アンリ・マティスら、野獣派《フォーヴィスム》の画家に会った。『青い山』（一九〇八年から〇九年にかけての作品）は、青い山を中央にして両側に黄色と赤い花の咲く木らしき塊、前景に馬を駆る人々を描く絵で、鮮やかな色彩、細部を無視した形体の大胆な表現によって、野獣派の影響を感じさせる。ただ、それ以前のより写実的な『馬に乗るカップル』（一九〇七年）や『色彩豊かな生活』（同年）も文字どおり色彩豊かで、本質的にカンディンスキーは色彩の画家であると感じさせる。マティスらによってさらにその傾向を強化されたと言うべきなのだろう。前述のジョン・ダンカン・ファーガソンについても同様のことが言える。鮮明な色彩の感覚はその後に及ぶカンディンスキーの持続的な特徴となっている。自然や人間や動物は写実的にでなく、単純化された形体で、黒で縁取られた色彩のマッスとして表現されている。

『山』（一九〇九年）では対象はさらに写実から遠ざかり、山らしき形——背後の赤の色とその上の金色は昇ろうとする太陽を暗示するものか——や人物らしき形は、現実の形体からほど遠い。カンディンスキーは、音楽という非再現的な芸術はそれを享受する者に想像や解釈の自由を与えるが、このことは非具象的な絵画についても言えると言う。その意味でもこの絵は、翌年描かれる〝最初の抽象画〟への方向をうかがわせている。

〝絵画と音楽〟というテーマへの関心は、一九一二年に出された『芸術における精神的なもの』に明確に表明されるわけだが、音楽に惹かれるカンディンスキーは、絵画を語るにも音楽的な思考法や比喩を見せる。例えば、ピアノのメタファーを用いて言う。「画家は、あれこれの鍵盤（＝形態）をたたいて、合目的に人間の魂を振動させる手である」[12]というように。音楽への傾倒は作品の標題にも現われる。作品は「インプロヴィゼーション」や「コンポジション」の題のもとに番号が付されて示される。インプロヴィゼーションとは本来、即興的に曲を作ること、または演奏することを言い、コンポジションは作曲を意味する語である。

右二者に「インプレッション」が加わって、『芸術における精神的なもの』では絵画における この三つの意味が説明されている。

「インプレッション」とは、純粋に芸術的な形式で表現された、外的自然の直接の印象、「インプロヴィゼーション」とは、内的、非物質的な性質のものをほぼ無意識的に、自然に表現したもの、「コンポジション」とは、最初の予備的なスケッチのあとに長い時間をかけて熟成させてようやく現われる、ゆっくりと形成された内的感情の表現であるという。

さらに「コンポジション」について「旋律的《メロディック》なもの」と「交響楽的《シンフォニック》なもの」に分け、前者を、明白で単純な形体に支配される単純なコンポジション、後者を、中心的な形体にあまり縛られない、多様な形式から成る複合的なコンポジションであるとし、中心的な形体は外的に捉えにくく、それゆえに強い内的価値を有しているという。

カンディンスキーの絵はこうして、現実の事物の描写ではなく画家の内部から生じるが、それは音楽が生まれる原理と同じである。

二〇〇九年の「回顧展」には右の三種類の作品がそれぞれ数点ずつ見られる。

『コンポジション二のためのスケッチ』（一九〇九―一〇年）は、「交響楽的」な絵の例であろうか。様々にデフォルメされた人物や岩や木や花、あるいは現実の何であるとも見分けがたい形体が多彩色で鮮やかに描かれている。画面のほぼ全体は、遊園地を思わせる浮き浮きと明るい雰囲気、しかし画面左手上空は暗く、雷鳴を思わせるジグザグの形も見える。一つの画面に表わされたこの転調は交響曲の複数の楽章が表現されたかのようである。

続く『インプロヴィゼーション九』（一九一〇年）や『工場の煙突の見える風景』（同年）は、現実の人物や事物と照応する形体がわずかに認められるものの非再現性が強く、前述したこの年の最初の完全な抽象画（無題・水彩）とつながっている。

『インプレッション三』（一九一一年）は、「回顧展」図録解説によれば、カンディンスキーが一九一一年一月にミュンヘンでシェーンベルクのコンサートを聴いたあとに描かれた。彼自身の言葉で「視覚的であると同時に聴覚的」[13]なこの絵は、上中央にピアノを思わせる大きな黒い塊が描かれ、その前に観衆の後姿らしい形が描かれていて、音楽会場であることをうかがわせるが、「聴覚的」とは音楽を題材としているからというより、画面の半分に近い黄色の空間が、会場を満たす音の色彩表現となっていることによる。

『インプロヴィゼーション二八』（一九一二年）は、内なるものを自然に表わす〝インプロヴィゼーション〟の作品の一つということであるが、内側から沸き起こる感情を表現する絵として理解できる。沸き起こるのは交錯する旋律でもあろうか。五線紙を思わせる複数の平行線が交差してそれだけでも音楽を感じさせるが、白を基調にして、ほとんど原色に近い赤、紫、緑によって非写実的なフォルムがさまざまに繰り出され、色彩のハーモニーを見せている。現実を想起させるものはほとんどなく、あえて言えば、画面右手上部に山らしき形の上に塔に似た建造物、その前に立つ五人の人物らしき形がなくはない。しかし音楽の旋律が現実の何かを思い起こさせたとしても、それは現実の何ものでもないように、この絵は抽象性によって成っている。

加えて『遁走曲《フーガ》』（一九一四年）と題する作品がある。バッハのそれのようには形式が明確なわけではない。しかし、中央の円または楕円状の三つの形体を主唱と二つの応唱部と見立て、それらが追いつ追われつしながら、周辺部へとさざ波のように広がってゆき、軽やかで細やかな嬉遊部の旋律を作りだしていると見るならば、全体を遁走曲《フーガ》の形式になぞらえることができる。少なくとも、この絵には、音が色彩となって互いに響き合い、遁走曲《フーガ》の次々と聴覚を打つ快い響きにも似た心弾む感じがある。

クレー

カンディンスキーと並んで絵画に音楽性を与えたもう一人の重要な画家にパウル・クレーがいる。

クレーの画法に影響を与えた要因としてしばしば挙げられるのは、ピアニスト・リーとの結婚、一九一二年春からのパリ旅行における、「オルフィスム」[14]のロベール・ドローネーや、フォーヴィスムのアンリ・マティス、キュビスムのピカソ、ブラック、ホアン・グリス、幻想世界を描くシャガールとの出会い等、さらに一九一四年のチュニジア旅行での新たな色彩への開眼である。

しかし一九一二年に出されたカンディンスキーの『芸術における精神的なもの』の影響は決定的ではなかっただろうか。

先に引用した、「自己の内面的世界を表現しようとし、またせざるを得ぬ、創作家たる芸術家は、こうした理想が、今日もっとも非物質的芸術――音楽――において、いかに自然に、またいかに容易に達成されているかを見て、羨まずにおられない」という文に続けて、カンディンスキーは次のように言っている。

芸術家が音楽に眼を向けて、それと同じ手段を自分の芸術のうちに見出そうとする気持はよく判る。絵画において今日なされている、律動《リズム》や数学的・抽象的な構成の探求、色調の反覆や動的な色彩の使用等々の評価は、それに由来するのである。[15]「律動《リズム》や数学的・抽象的な構成の探求、色調の反覆や動的な色彩の使用」とはその後のクレーの画法の特徴である。カンディンスキーと一回り以上年下のクレーは、早くからカンディンスキーの思想に共鳴していた。

抽象性という点については、クレー自身、論文「創造の信条告白」(一九二〇年)に書いている。

芸術の本質は、見えるものをそのまま再現するのではなく、見えるようにすることにある。たとえば線描《グラフィック》の本質は容易に抽象に向うが、当然である。……線描は純粋になればなるほど、いいかえるならば、線的な表現の基礎であるフォルム諸要素に重点がおかれればおかれるほど、見えるものを現実のままに表現しようとすることはありえなくなる。[16]

スイス・ベルンの「クレー・センター」は訪れたことがないし、「カンディンスキー回顧展」

のように網羅的なクレー展も見たことはないが、二〇〇九年と一〇年のニューヨークの旅で言えば、グッゲンハイム美術館の常設展や、MOMA（ニューヨーク近代美術館）、メトロポリタン美術館等、立ち寄ったいくつかの美術館でクレーを見ることができた。画集も含めて言えば、いわゆる具象画は一九〇〇年代以降には、つまりクレー一〇代の時を除いては、ほとんど見られない。

MOMAには比較的初期の抽象画『笑うゴシック』（一九一五年）がある。ピンク、茶、薄紫、空色、緑の柱が何本も折り重なるように立つ。多様な色彩の組み合わせは、それだけですでに現実の聖堂の再現描写ではない。どれもが真っ直ぐにというのではないが、並び立つ柱は、天に向かって上昇するゴシック建築の精神を表わしているだろう。再現性を離れた、画家自身のゴシック理解から生まれた絵である。色とりどりの柱は、鍵盤の音の高低を表わして、互いに響き合うようでもある。

評伝『パウル・クレー』の著者カローラ・ギーディオン＝ヴェルカー（一八九三－一九七九）は、第一次大戦の終結の頃にクレーの絵は新しく開花したと言う。

ギーディオン＝ヴェルカーは、ジョイス終焉の日々を看取ったスイス人女性美術評論家である。第二次大戦時の一九四〇年一二月、チューリヒに逃れてきた一家を、彼女は歴史家で建築評論家の夫、ジークフリート・ギーディオン（一八八八―一九六八）とともに迎えた。それから半月後の四一年一月一三日にジョイスはこの地で死去した。ギーディオン＝ヴェルカーは美術関係の著書のほかに、『「ユリシーズ」論』や『追悼　ジェイムズ・ジョイス』といった本もあり、評伝『パウル・クレー』は数あるクレー論のなかでも秀逸な評論書である。一九一九年から二一年にかけて描かれたクレーの抽象的小品に、ギーディオン＝ヴェルカーは画家の新境地を見る。

この抽象化の造形理論は後に――現実の対象との関連を完全に断ち切って――音楽的経験とのみ比較し得る、自己自身の法則で揺動する色彩造形言語へと発展する。生地にさまざまな方形を配置する、あの融通無碍な方陣によるコンポジションである。そこでは色彩の持つ空間的、心理的な表現力がポリフォニックな交響の中で躍動する。[17]

このような音楽への傾斜は、カンディンスキーが作品の題名に音楽用語を用いたのと同じように、クレーの場合もその題名に表われる。『ハーモニー』（一九二五年）、『いにしえの響き』（一九二五年）、『リズミックに』（一九三〇年）、『白を囲むポリフォニー』（一九三〇年）、そして無類のオペラ好きだった画家を反映する『バイエルンのドン・ジョヴァンニ』（一九一九年）や

『コミック・オペラ風のファンタジー「船乗り」から、戦闘場面』(一九二三年)、『喜劇オペラ歌手』(同年)、『ホフマン風の物語場面』(一九二一年)等々、カンディンスキーが自作に〝インプロヴィゼーション〟や〝コンポジション〟の題名を与えたのはその手法に基づいてであるが、クレーはテーマや内容に基づいて題名をつけている。その違いはあるが、両者の音楽への傾倒は同じである。

一九二〇年の作品『秋の樹々のリズム』では絵はまるで楽譜のようである。画面全体に描かれた平行線が小節のように区切られ、そこに音符を思わせるようにマッチ棒の形が並ぶ。『水草譜』(一九二四年)では『秋の樹々のリズム』の〝マッチ棒〟は〝水草〟に変わり、〝五線紙〟を埋めている。

カンディンスキーの特別展の開かれていたグッゲンハイム美術館の常設館には、数点のクレーのコレクションがある。その中の『バイエルンのドン・ジョヴァンニ』も『レッド・バルーン』(一九二二年)も、ギーディオン゠ヴェルカーの言う〝方形〟を画面の基本原理としている。〝方形〟と言っても必ずしも正方形ではなく長方形であったりする。しかしこの基本原理は晩年にまで及んでいる。『レッド・バルーン』には、朱、緑、黄、茶、焦げ茶と色は幻想的だが、都会のビルを連想させるいくつかの四角形が配されて、中央の空間に朱色のバルーンが一つ、まるで様々な色の音――音色――を指揮するかのように浮かんでいる。

メトロポリタン美術館やニューヨーク近代美術館でも〝方形〟から成る作品が見られる。『レッド・グリーンとヴァイオレット・イエローのリズム』（一九二〇年）では再現的要素は点在する木を除いては何もない。画面は題名どおりの赤、緑、紫、黄のそれぞれの濃淡の色のほかに白や空色が加わって大小の四角形が縦・横に不規則に並んでいる。『五月の絵』（一九二五年）では、〝方形〟は本来の意味どおりほぼ真四角、大きさも前者よりずっと小さくなり、細かなパッチワークのように画面を構成している。それらは画面の下から上に向かって次第に明るさを増し、色彩のオーケストレーションとなっている。

これらの技法にもましてクレーの絵に顕著な音楽的技法は、ポリフォニーである。ポリフォニーとは多声音楽、つまり「二つ以上の独立した声部によって構成される楽曲」であり、基本的には主題である旋律（主唱）とその模倣・応答（応唱）で構成される。

前述のカンディンスキーの『遁走曲』もポリフォニックな絵の例であろうが、クレーの『緑と赤の漸進的色調』と『赤と緑の濃淡』（ともに一九二一年制作）はカンディンスキーの場合よりももっと明快にこの技法を見せている。正方形、長方形、三角形等がそれぞれ重なり合って徐々に色調を変化させる構図は、ポリフォニー音楽の、少しずつ変化するメロディが次々と続いてゆく遁走曲《フーガ》の視覚化と言ってよい。正方形、長方形、三角形は、例えば、人間の声とチェンバロとクラリネットというように、それぞれ別の楽器（人間の声は肉体という楽器である）を意味し、それぞれがフーガを奏で、全体として複雑な、しかしハーモニーをなす楽曲を作り出していると見ることもできる。

やはり同じ年に制作された『赤色の遁走曲《フーガ》』（一九二一年）は最も典型的なポリフォニック絵画である。紫色の地に、壺様の形、三角形、円形、四角形、花びら風の形が、それぞれ、限りなくエコーするように影を作り、あるいは別の見方をすれば、消えていこうとする形を限りなく追いかけてゆき、そのようにして紅紫色のグラデーションをなしている。地の色と形体の色とが同系色であることによって画面全体に品のよさがある。

こうした絵を見るとき、バッハを奏でるオルガンの響きが感じられる気がする。

フランス・トゥールーズの修道院で少し変わったポリフォニーの演奏を聞いた。といっても現代ではこのような風景はありふれているのかもしれない。音楽を奏でる天使のフレスコ画を見ようとこの町のジャコバン修道院を訪ねた。前日に来たときに、明朝なら開いていますと、切符売り場で請け合われて来てみたその絵のある礼拝堂は、この日も閉ざされていた。失望した耳に歌声が聞こえてきた。回廊に取り囲まれる中庭のその向こうから歌声は聞こえてきた。

薄暗い廊下の先に見出したホールのなかに人影はない。代わりに、先端にスピーカーを取りつけた、人の背丈ほどあるポールが二〇前後、半円状に並んで宗教曲を響かせていた。複数のスピーカーが一つのグループを作り、それら四つないし五つがそれぞれ独立した声部を担い、各声部が次々と前の声部を追いかけて、ポリフォニーのコーラスを奏でている。音量はやや大きすぎたが、それでも目をつぶれば、高いゴシック建築の天上へ旋律が重なり合い舞いあがっていくようであった。天使の代わりに機械の繰り出す音楽に程々に満足していた。

異なる色を限りなく重ねてゆくクレーの絵は絵画のポリフォニーである。『赤色の遁走曲』、『ポリフォニックに形づくられた白』（一九三〇年、色の異なる四角形が互いに重なり合って中心に白の部分を作りだしている）、『長調の風景』（一九三九年）等々、もう一度ギーディオン＝ヴェルカーを引けば、「色彩が交響しながら自己自身を豊かに開示して行く過程」「複数の次元の同時的な現象」[18]、そのようなポリフォニーをこれらの作品に聞き取ることができる。

一九二〇年、クレーは教師としてバウハウスに赴任した。バウハウスは一九一九年にドイツのヴァイマールに設立された美術・工芸・建築の教育機関である。翌年、カンディンスキーもまたこの学校に着任した。クレーはすでに一九一一年、カンディンスキーやフランツ・マルク

（一八八〇－一九一六。第一次大戦で戦死）を中心とする「青騎士」のグループと知り合い、翌年の第二回「青騎士展」にも出品し、カンディンスキーとは交友関係にあったが、バウハウスで急速に親交を深めた。カローラ・ギーディオン゠ヴェルカーは、クレーの絵は第一次大戦の終結の頃に新しく開花したと言うが、二人の交友の深まりがクレーの、そして相互の絵に影響を及ぼしていたことは間違いない。その共通の最も大きな要素は音楽性であった。

6　ジョイスの作品と音楽

各種の芸術が、最近の精神的転換期におけるほど、相互に接近したことは、近来なかったことである。[1]

『芸術における精神的なもの』のなかでカンディンスキーはそのように言う。カンディンスキーやクレーにとって、「各種の芸術」とは音楽と絵画である。マーガレット・モリスの舞踊学校の二人の女性教師が作った「カイエ　リズムと色彩」はそのような時代的文脈のなかで捉えることができる。舞踊の舞台が音楽と美術の融合であることは自明としても、自分たちの作る雑誌で、そのことをより意識的により鮮明に目的化したのは、時代と無関係ではないだろう。

『芸術における精神的なもの』が出されたのは一九一二年である。世紀末から一九二〇年代、三〇年代にかけての時期、芸術のあらゆる分野で前世紀を超えようとする芸術が模索されていた。カンディンスキーの言う「各種の芸術の接近」もそのような動向の一つを指している。

ジョイスの作品はあたかもカンディンスキーの発言の例証のように音楽に溢れている。ジョイスの場合、特に音楽好きだったことにもよる。

その作品に見られる文学と音楽の〝接近〟の仕方はいくつかある。歌詞の導入やそのパロディ、音楽的な響き、楽曲の演奏法的な技法、ライトモチーフ、ポリフォニーの手法等が挙げられるが、ここでは最後のポリフォニーに力点を置き、他は簡略に見るにとどめたい。

歌

歌好きの民族性に加え、とりわけ歌が好きだったジョイスの作品には、多くの民謡や歌曲やオペラのアリアが現われる。それらは元の歌のパロディとなっていることが多いが、聞きとる耳をもつ者はそこに旋律を、リズムを感じる。

『ユリシーズ』の第十一挿話「セイレン」は、題名の由来であるセイレンが船人を歌で誘惑する半女人半鳥の魔物であるように、音楽がモチーフとなっている。さしあたりこの挿話に『ユリシーズ』を代表させるとすれば、ここには数々の歌が現われている。
「声をふるわせ《トリル》、声をふるわせ《トリル》、アイドロレス」（*U* p.210）の「アイドロレス」はレズリー・スチュアートのオペラ『フロラドーラ』の美しい女主人公の名前であり、「ジングル、ジングル、二輪馬車が軽快にジングル」（*U* p.210）は「ジングル・ベル[2]」のもじりであり、「マルタ！来ぉよや！」はフロートーのオペラ『マルタ』のアリアで、最初の一ページ（原書）だけでもいくつもの歌が出てくる。特にオペラに因むフレーズが多いが、それがストーリーとどのようにからんでいるかを『マルタ』を例に見てみよう。

『ユリシーズ』の主人公レオポルド・ブルームは、ソプラノの歌手である妻のモリーがその午後、興行師の伊達男のボイランと会い、彼らの間に情事が行なわれそうなことを知っている。だからといってそれをとどめようとするわけでなく、彼はただ苦悩に耐えている。バーのカウンターに坐るその耳に、オペラ『マルタ』のアリアが聞こえてくる。

フロートーの『マルタ』はロンドンの郊外が舞台、アン女王の女官ハリエットがいたずら心で村娘に変装して市場にやってくる。ハリエットを見そめた農夫ライオネルが彼女に求婚するが、逃げられてしまう。悲しむライオネルが歌うアリアが「マッパリ（わがみ姿）」で、彼は「すべては失われた」と嘆く。『ユリシーズ』でAll is lostと英語で書かれるこの歌詞は、原作の歌劇では Tutto è Sciolto である。ジョイスの詩集『一個一ペニーのりんご』には "Tutto è Sciolto" の題の詩がある。ボイランに妻を奪われようとしているブルームはこの「今すべては失われ」という歌詞に自分の心情を重ねている。『マルタ』ではライオネルが男爵の息子と判明、最後にハリエットと結ばれる。

ジョイスの作品では、このようにストーリーと重ねられて多くの歌が用いられている。最後の作品『フィネガンズ・ウェイク』も同様である。そもそもその題名は、梯子から落ちて死んだ煉瓦職人のフィネガンが通夜の晩、ウィスキーを浴びて甦るというアイルランドの民謡「フィネガンの通夜」に因んでいる。

『フィネガンズ・ウェイク』のストーリー、と言ってもそれを要約することは難しい。夢の世界——作中の人物か、それとも作者自身か、いずれとも特定しがたい人物の見る夢の世界——を描いたと作者みずから言う『フィネガンズ・ウェイク』は、ある一つの方向に向かって進む伝統的な小説と違って、ストーリーまたは筋を要約することはほとんど不可能である。最大公約数的な内容をあえて示せば、主人公はダブリンの郊外チャペリゾッドの居酒屋の主人、ハンフリー・チムデン・イアウィッカー。妻アナ・リヴィア・プルーラベルと双子の息子シェムとショーン、それに娘イシーという家族がいる。H・C・イアウィッカー、さらに略して

H・C・Eは、公園で何かよからぬ行為をしたとして人びとの噂になり、バラッドにまで作られている。『フィネガンズ・ウェイク』は大まかに言えば、作品の題名が由来する民謡のように、転落と再生の物語である。しかし全体のストーリーは単純ではなく、テーマも一つにとどまらないことはあとで触れる。

「セイレン」が音楽をモチーフとする『ユリシーズ』の代表的な挿話であるとすれば、『フィネガンズ・ウェイク』でそれに当たるのは第二部第四章のいわゆる「ママルージョ」の章であろう。ヴァグナーの『トリスタンとイゾルデ』の恋人たちのように船上で愛を交わす男女を、ママルージョ、すなわちマタイ、マルコ、ルカ、ヨハネ（ジョン）に擬せられる老人がカモメとなって観察する。『フィネガンズ・ウェイク』のなかでもオペラのパロディとして読める代表的な章である。ただしこの場合は、元のオペラのアリアの歌詞というよりもその筋や人物の名前がもじられている。マルケ王はマーク、トリスタンはトリスティ、イゾルデはイゾラという具合である。

『ユリシーズ』の挿話「セイレン」のように、歌が作品の内容と重ねられて用いられている例は『フィネガンズ・ウェイク』でも数多い。

主人公H・C・イアウィッカーの前身は、民謡「フィネガンの通夜」の主人公のように煉瓦職人で、彼は同じように壁から落下する。

壁の大落下は即座にアイルランドの堅物男フィネガンの落下を引き起こし、彼の瘤山頭《ハンプティ》は知りたがり屋をただちに小山《ダンプティ》の爪先探しへと西に走らせる。（*FW* p.25）

夢の世界ではどのような奇妙なことも起こりうるが、瘤山頭は東のホース岬を、小山はダブリン西部チャペリゾッド近くの丘陵を暗示し、こうして死んだ彼はいつか湾を取り囲む風景と化していることが仄めかされる。「ハンプティ・ダンプティ」はマザー・グースの童謡の題であり、主人公の名前でもあって、塀の上にいたハンプティ・ダンプティが下に転げ落ち、その彼を王様も家来も元に戻せないと歌われる。ハンプティ・ダンプティは「落下」というモチーフによって『フィネガンズ・ウェイク』の主人公と結びつく。

「ブライアン・オリン」は各スタンザが、「ブライアン・オリンははくズボンがなかった。……」「ブライアン・オリンは着るシャツがなかった。……」「ブライアン・オリンはかぶる帽子がなかった。……」等々で始まる童謡である。その一つのスタンザは、「ブライアン・オリンと女房と女房の母親が／橋を渡って帰ろうとした／橋が落ちた。三人一緒に落っこちた／ブライアン・オリンが言った。『泳いで帰ろう』」。童謡「ブライアン・オリン」の落下のテーマが俗謡「フィネガンの通夜」や『フィネガンズ・ウェイク』のテーマを暗示し、Brian と O'Lynn（またはその変形 O'Luin）は各所に現われる。

演奏法的な技法、響き、ライトモチーフ

『フィネガンズ・ウェイク』で用いられるオペラのアリアや歌謡や俗謡は、たとえメロディを感じさせるとしても、そのストーリーや歌詞は広い意味で文学に属する。カンディンスキーの言う「各種の芸術の接近」という場合に意味される「音楽」は、純粋に技法的なことであろう。その意味に限定するならば、右に〝接近〟の仕方として挙げた、歌詞や曲の内容以外のことでなければならない。

パリに移住する前のまだチューリヒにいた頃、ジョイスは実業家の友人、ジョルジュ・ボラッハに書き上げたばかりの『ユリシーズ』の挿話「セイレン」に言及し、「ここ二、三日で『セイレン』を書き上げた。大仕事だった。この章を音楽の技法で書いた。この章はピアノ、フォルテ、ラレンタンド[3]などあらゆる記譜法を用いた遁走曲だ[4]」と語ったが、技法的なこととはこのようなことであろう。「ピアノ、フォルテ、ラレンタンド……」などの「音楽の技法」を用いたジョイスの文章は、例えば挿話「セイレン」の、先に引用したフレーズも含む原文第

一頁を意味を無視して音読するだけで、それと感じられる。

Bronze by gold heard the hoofirons, steelyringing.
Imperthnthn thnthnthn.
Chips, picking chips off rocky thumbnail, chips.
Horrid! And gold flushed more.
A husky fifenote blew.
Blew. Blue bloom is on the.
Goldpinnacled hair.
A jumping rose on satiny breast of satin, rose of Castile.
Trilling, trilling: Idolores.
Peep! Who's in the ....peepofgold?
Tink cried to bronze in pity.
And a call, pure, long and throbbing. Longindying call.
Decoy. Soft word. But look: the bright stars fade. Notes chirruping answer.

O rose! Castile. The moon is breaking.
Jingle jingle jaunted jingling. (*U* p.210)

『フィネガンズ・ウェイク』の「ママルージョ」の章では、往時を語る老人の声はピアノかピアニッシモであり、冒頭の「――クォーク三唱、王様マークに」の太字で書かれたバラッドはフォルテ、昔を思い出そうとしながら記憶が遠のき、「ディアロ・ディアロ・ディア」と呟くところや、「かくして、夢見る者よ、ヨハネにはヨハネの夢を!」とその章が終わる部分は〝ラレンタンド〟である。四羽のカモメとなって船の上の恋人たちを見守る四人の老人がついに「心わくわくする素敵なことが起こ」るのを見、「(あの娘子が)喜びの絶頂のおかしな小さな叫び声をあげて、熟したルビーの唇をべたべた狼の唇に押し当て(ああ、好き、好き!)、分離を再結合させた」というくだりは「スタッカート」混じりの部分で、この章はとりわけ文章の響きの強弱を感じさせる。

文章の響きは押韻の問題でもある。『ユリシーズ』からの右の引用文中の“Blew. Blue bloom is on the”, “Trilling, trilling”, “Jingle jingle jaunted jingling” 等は頭韻の例であるが、ジョイスの文章はだいたい、挿話「セイレン」のように音楽をモチーフとするわけではなくても、韻を意識して（あるいはほとんど無意識に、おのずから溢れ出るものとして）書かれていることが多い。

このような文章は響きの美しさ、面白さにつながっている。リズムも響きの欠かせない要素であるが、車の動きを表現する『ユリシーズ』の先の引用文は軽快なリズムを表わし、それだけで音楽的である。

『フィネガンズ・ウェイク』について、ジョイスは「分からなければ、声を出して読めばよい」と言ったが、『肖像』のスティーヴンがアクィナスを引いて「見て快きものが美なり」と言ったのをもじって「聞いて快きものが美なり」と言うならば、その響きは美しい。美しいばかりではなく、しばしばコミカルな響きも感じさせる。ジョイスが言うようにはそれで作品が分かったことにならないが、なぜか本質に触れたような気にさせられる。

音楽的技法として挙げられる別の技法はライトモチーフである。ライトモチーフはヴァグナーが確立した技法で、オペラや、標題音楽――例えばスメタナの『わが祖国』やベートーヴェンの『田園交響曲』など、音楽外の観念と結びついた音楽――などに繰り返し現われ、登場人物の行為や感情や、状況、思想・想念を示唆する短い楽句のことである。『フィネガンズ・ウェイク』に現われるライトモチーフについてはクライヴ・ハートが『「フィネガンズ・ウェイク」の構造とモチーフ』に語句と頁の詳細なリストを示している。ハートの説明を用いると、「(ライトモチーフは)性格を規定し、物語の発展の筋道に強勢を与え、構造のリズムを調整し、それがなければ無秩序に見えるかもしれないものに秩序を与える」[5]技法である。

その例をここでいくつか拾い出してみよう。

"O tell me all about…(何もかも話して)"

主人公ハンフリー・チムデン・イアウィッカー(略してH・C・E)の妻のアナ・リヴィア・プルーラベル(略してALP)に関するライトモチーフの一つである。

「何もかも話して。何もかも聞きたいんだから。あの女《ひと》のことをみんな。」(*FW* p.101)

「よかったらみんな話しておくれ。楡の木や石のこと。」(*FW* p.154)

「おお　何もかも話して　アナ・リヴィアのことを。」(*FW* p.196)

「話して話して何もかも、アナリリスのことを。」(*FW* p.268)

"the rivering waters(川を行く水)"

これもアナ・リヴィア・プルーラベルに関するライトモチーフである。ダブリンの川、すなわちリフィ川はアナ・リフィとも呼ばれる。Abhainn na Life(River Liffey を意味するゲール語）に由来する。

「逆巻く世界の水を夜通し見守り、……。」（*FW* p.64）

「彼女の愚かな川水や今は褐色泥炭色になっているさざ波を見守っていた（……）。」（*FW* p.76）

「流れる水のそばで。あちらへ流れこちらへ流れる水のそばで。」（*FW* p.216）

「それからあっちへ流れこっちへ流れする水の……。」（*FW* p.245）

“dearo dearo dear” または “dearo dear”

クライヴ・ハートのリストには挙げられていないが、響きの点でも音楽のライトモチーフに近い。

「ディアロ・ディアロ・ディアー！」または「ディアロ・ディアー！」は、「ママルージョ」の章に集中して現われる。四人の老人が四羽のカモメとなって、船上での愛の交歓を見守るが、四人の老人、すなわちマット、マーカス、ルーク、ジョニーは、おぼろになった記憶にすがり、昔の日を甦らせようとする。そうしながらふっと船上の恋人たちから注意が逸れていたことに気づく。そのようなときに「ディアロ・ディア」が発せられることが多い。「ディアロ・ディア」は二人の恋人を呼び出すライトモチーフである。

「ああ、ディアロ、ディア！　夕暮れがあずま屋を去る時を思い、涙せよ！　のろのろと弱々しく愚かしい目でじっと見、不埒にも、通風病みの老ガラハッドを真似て、二人のグィネヴィアの不安と三人のトリスタンの渇望をもって、一ヤードと一三二の電線の高みから、四人の目の前で、彼がローマカトリックのその腕の中で彼女に火をつけ抱きしめささやくのを聞くと、彼らの心にすべてのことが渦巻き流れて戻ってきた。」（*FW* p.389）

「ああ、ディアロ・ディアロ・ディア！　花嫁がちらりと目をやると水夫長は彼女を抱きしめた。」（*FW* p.389）

「ああ、ディアロ・ディアロ・ディア！」（*FW* p.392）

“the same anew（同じことが新たに）”

『フィネガンズ・ウェイク』の基本思想、「反復」を表わし、作品に数回現われてライトモチーフとして働いている。歴史において種々の反復が現われ、その反復は差異を伴うことが多く、差異はしばしば不幸を伴う。『フィネガンズ・ウェイク』はその差異に希望的な側面を期待しようとしている。

「幸せな時が何度もめぐってきますように。同じことが新たに。」（*FW* p.215）
「同じことが新たに始まる。」（*FW* p.226）
「われわれは……幸せに帰還し……」（*FW* p.261）

ポリフォニー

しかし、これらの音楽的技法にもまして注目したいのはポリフォニーであり、これはジョイスの作品のなかでも『フィネガンズ・ウェイク』に顕著である。

カンディンスキーやクレーの項で述べたが、ここでもう一度簡単に説明すれば、ポリフォニーとは、互いに同等の比重をもつ複数の異なる声部によって成る音楽のことである。その代表的な形式がフーガ（遁走曲）で、聞けば思い出す人も多いと思われる曲がバッハの『トッカータとフーガ・ニ短調』である。フーガは主題である旋律（主唱）とその模倣・応答（応唱）で構成される。ポリフォニーの別の形式であるカノンは、第一声部（主唱）の旋律を第二、第三の声部が忠実に模倣しながら進む音楽形式で、輪唱もその一種である。対位法もまたポリフォニーの一つの形式で、複数の独立した旋律を同時に組み合わせる作曲技法である。

カンディンスキーやクレーが彼らの絵画にポリフォニー的手法を用いたように、ジョイスの

『フィネガンズ・ウェイク』にもこの技法が認められるのである。ただし、ジョイス自身は格別音楽のポリフォニーの技法を意識したわけではないだろう。彼は自身の作品形成の必然性に応じてポリフォニーと言えるような手法を用い、それが結果としてカンディンスキーの言う「各種の芸術の接近」の一つの例となったと言うべきだろう。それはちょうどドストエフスキーが音楽を意識することなく、ポリフォニーと言われる小説を書いたのと同じである。

ドストエフスキーの作品をポリフォニー小説と命名し、この作家をポリフォニー小説の創造者であるとしたのはミハイル・バフチン（一八九五―一九七五）である。バフチンは『ドストエフスキイ論―創作方法の諸問題』で、この小説家の作品の特徴を論じるに際して音楽の用語を援用した。バフチンは言う。「音楽と小説とでは素材が全く違うので、譬喩あるいは隠喩以上のことはいえない。その隠喩をわたくしが《ポリフォニイ小説》なる用語にしたというのは、ほかに適当な名称が見つからなかったからである。[6]」これはクレーが音楽のポリフォニーに刺激されて絵画にその技法を取り込んだのとは少し事情が違う。しかしドストエフスキーの小説もジョイスの作品もポリフォニー的な性格を示している。

バフチンのこの著書『ドストエフスキイ論―創作方法の諸問題』が出版されたのは一九二九年である。『ユリシーズ』の出版は一九二二年、『フィネガンズ・ウェイク』の執筆開始は一九二三年で、ジョイスは最初からポリフォニー的な構想で書いていたのであり、バフチンの理論の影響のもとに書いていたわけではなかった。

ジョイスは、では、ドストエフスキーの小説それ自体から技法を学んだのだろうか。回想記『ジェイムズ・ジョイスとの会話』の著者アーサー・パワーは、ジョイスがドストエフスキーについて語ったときのことを記憶している。（ドストエフスキーに対して）興味をお感じになりますかという問いに、ジョイスは答えた。

もちろんです。現代の散文を創造して今日の高さにした人物はほかにいません。にたにた笑いの娘たちやお決まり文句の溢れるヴィクトリア朝小説、想像力も激しさもないそうした作品を打ち砕いたのは、彼の爆発的な力です。ドストエフスキーを気まぐれだとか、狂気だとさえ言う者がいる。しかし作品の動機、激しさと願望、それはまさに文学の生命なのです。[7]

ジョイスがドストエフスキーに敬意を抱いていたことは分かるが、ここから彼のポリフォニー的手法がドストエフスキーから学んだものであるか否かを知ることはできないし、他の友人・知人によるジョイスの回想にもそのような言及は見られない。

文学作品におけるポリフォニー的手法は、実際はドストエフスキーによる突然の革新的手法であったわけではない。その萌芽は古代に遡るとしたのはバフチン自身であった。バフチンは古代から中世、ルネサンスへと伝えられた民衆文化、カーニバルにその起源を見る。

カーニバルは、人びとが仮面をかぶり、貴賤の区別なく一つの空間で交流する場である。そこでは権威的な存在はなく、だれもが対等の立場に立つ。バフチンのことばで、「世界感覚の陽気な相対性」[8]が支配する場、「一面的な弁論術的謹厳さ、分別臭さ、ドグマチックな一義性」[9]が薄れる場である。

メニッポスの作品や『ソクラテスの対話』はそのようなカーニバル的精神をもつ著作の先駆である、とバフチンは言う。

メニッポスは前三世紀のギリシアの諷刺作家で、その著作自体は現存していないが、諷刺精神に満ちた作品は多くの模倣者を生んだと言われる。〝メニッポスの諷刺〟または〝メニッペア〟は文学のジャンルを表わす名称となった。

バフチンによると、メニッペアは題材的にも哲学的にも自由な発想を特徴とし、人物は大胆奔放な空想的冒険など「異常なシチュエーション」に身を置くが、これは〝真実〟を引き出すための冒険である。スキャンダルやエクセントリックな行為が描かれるが、それは「人間の行為や事件の不動でノーマルな（お上品な）進行に穴をあけ、既成の基準や動機づけから人間の行為を解き放つ」[10]もので、その基本にあるのは対話の精神である。

一方、ソクラテスは、対話または論争こそ真理追究の手段であり、権威や既成の思想や独断に抗する方法であると考え、人びとに対話を勧め、それを『ソクラテスの対話』に著した。メニッポスの作品や『ソクラテスの対話』を先駆としてカーニバル的文学が生まれるが、その特徴としてバフチンは次のことを挙げる。

神話の英雄や歴史上の人物たちはわざと誇張され現代化され、……人物造形の価値的・時間的次元に根本的変化が生じる。[11]

意識的な多文体・多声性……。文体上の統一性を放棄……。物語の多声性、高尚なものと卑俗なもの、厳粛なものと滑稽なものの混合[12]……。

文学の素材としての言葉に対する極度に新しい態度[13]……。

バフチンが挙げる特徴はそのまま『フィネガンズ・ウェイク』に当てはまる。ジョイスがそのような伝統を意識していたかどうかは別として、少なくとも結果として、彼は伝統に内在していたものを掘り起こしていた。とは言えジョイス作品のポリフォニー的手法は彼独自のものでもある。

では、『フィネガンズ・ウェイク』はどのようにポリフォニー的であろうか。『フィネガンズ・ウェイク』という作品の題名は、前述のように「フィネガンの通夜」というアイルランドの民謡に由来している。主人公のフィネガンは煉瓦職人で、ある日壁から転落して死ぬが、通夜の日、ウィスキーを浴びて甦る。ここで「転落」と「再生」というテーマが提示される。このテーマがまず作品にポリフォニー的性格を与える。『フィネガンズ・ウェイク』という題名は、別の意味として、「フィネガンの目覚め」「フィン（フィン・マックール＝伝説の巨人）の目覚め」「フィネガンの航跡」、またはwakeを動詞と取って「フィネガンたちは目覚める」なども考えられる。「フィネガンたちは目覚める」だけを考えても、ここには複数の「フィネガン」なる人物が意味され、したがって作品のポリフォニー的な性格が暗示される。

題名に〝転落〟〝再生〟のほか、幾つかのテーマが暗示されていたとすれば、作品冒頭頁には、さらに別の複数のテーマが示唆されている。性的犯罪と罪意識、男女の攻防、父子・兄弟の対立（二者の対立と融合。ブルーノの思想）、地位簒奪、歴史の反復・循環（ヴィーコの思想）等々、これらは作品の全編で、主題（テーマ）の提示（主唱）と応唱、次の応唱、さらに次の応唱と続き、作品が進行してゆく。

その構図をもっと具体的に見ると、まず民謡「フィネガンの通夜」が示唆する「転落」のテーマは、民謡「フィネガンの通夜」の主人公と同じ名前で同じ煉瓦職人であるフィネガンが梯子から転落して死に、川底で眠るという話に引き継がれる。やがて登場するH・C・E、すなわちハンフリー・チムデン・イアウィッカーは、川底で眠ったフィネガンの後身らしいのだが、彼は公園でいかがわしい行為をしたと噂され、噂はバラッドに作られて広まり、彼はよき市民の座から転落する。

一八一五年の「ウォータールーの戦い」で戦ったのはナポレオンとウェリントンで、ウェリントンの連合軍が勝利したが、『フィネガンズ・ウェイク』では両者をもじったリポレウムとウィリンドンが戦い、後者が落馬（転落）して、敗北を喫する。

アイルランドの歴史上の女海賊オマリーをもじったプランクィーンは、ホース城主ヤールになぞをかけ（開門を迫り）、拒否されると双子の兄弟をさらってゆき、ついにヤールはプランクィーンに屈服する。

これらの人物は民謡の主人公フィネガンまたはH・C・Eの後身または再来と考えられる。彼らはフィネガンまたはH・C・Eの影をひきずっている。しかし彼らは彼らとしての独立した存在でもある。それはあたかもポリフォニー音楽——この場合フーガと考えたほうがより分かりやすい——で、はじめに主題を提示する声部つまり主唱があって、それを受ける声部すなわち応唱が主題を受け継ぎ、そうしながらも彼ら自身の声を発しているのと似ている。主唱は次々と独立した応唱の声部に引き継がれる。言い換えれば、「転落」というテーマが、そのテーマの代表格であるハンプティ・ダンプティやウォール街の株式暴落まで言及されて、人物や事件を異にして順次変奏されてゆくのである。

主唱と複数の応唱の関係は、別のテーマについても成り立つ。H・C・Eの「転落」は彼の罪らしきことと関係があるが、その罪が何であれ、彼は何か罪悪感を抱いており、この罪意識はさらに「被迫害者意識」に転ずる。「被迫害者意識」は罪の意識によってのみ生じるわけではなく、『フィネガンズ・ウェイク』には弱者意識から生じるものも含めて、その意識または妄想のいくつかのエピソードやドラマが描かれる。

大道芸人ホスティに噂を歌に作られ、町中にばらまかれるH・C・E。そのバラッド「パース・オライリのバラッド」はバラッドという言葉どおり主題提示の歌である。それを受けるいくつかの応答の声部。小屋に閉じ込められ、外から浴びせられるあらゆる罵詈雑言に耐えるイアウィッカー（第一部第三章）、告訴され、裁判にかけられ、あげくに猟犬に追われるフェステイ・キング（第一部第四章）。

「二者の対立（と合一）」というテーマも同じ構図で進展する。シェムとショーンの双子兄弟はつねに対立する。特にショーンはシェムに対するライバル意識を露わに示す。ショーンは様々な人格に姿を変えて、シェム非難と自己自慢をする。『フィネガンズ・ウェイク』が「進行中の作品」という仮の題名で雑誌に発表されたとき「シェム・ザ・ペンマン」と題された第一部第七章は、ショーンの口で語られるシェムの話で、その肉体の作りから経歴や仕事に対する批判・皮肉（作者ジョイスの自己揶揄でもある）が展開する。政治家志望の彼が繰り広げる大ぼら（第三部第一章）、異性（実はシェム）への警戒心を少女たちに説く司祭ジョーン（ショーンの分身）の説教（第三部第二章）、天使のミックと悪魔のニックの対立（第二部第一章）等々。

双子の関係はもともと対立関係の典型であり、彼らの存在自体が「対立または敵対」のテーマを提示するが、しかしその関係は対立のみに終わらない。それは「合一」へ導かれる。「対立と合一」はニコラウス・クザーヌス（一四〇一－六四）やジョルダーノ・ブルーノ（一五四八－一六〇〇）の哲学の思想である。クザーヌスは「対立するものも一つの存在の別の側面」であり、神の本質は対立するものの統一であるとした。一方、ブルーノの哲学は、ジョイス自身、

H・S・ウィーヴァー宛ての手紙(一九二五年一月二七日付)に書いているが、「自然のあらゆる力は自己を実現するためには対立物を進化させねばならず、対立は再結合をもたらす」[14]とするものであった。対立するものの結合の思想はさらにサミュエル・コールリッジ(一七七二―一八三四)に引き継がれる。ジョイスはこの思想をシェムとショーンの双子および彼らの変身または分身というべき存在によって具現する。

侵略者ジュートはアイルランドの先住者ムットを木のコインで騙そうとするが、いつの間にか相手のペースに乗せられ、やがて立場は逆転する(第一部第一章)。

イソップ物語の「狐と葡萄」をもじったムークスとグライプスの対決(第一部第六章)では、ローマ・カトリック派である前者とギリシア正教会派の後者が議論をする。伸びてしまった二人を、「黒い女」と「見目よい女」がそれぞれ持ち上げ(アウフヘーベン=止揚)、こうして二者の合一が仄めかされる。

同じくイソップ物語をもじった「蟻とキリギリス」のパロディである、空間芸術家オントと音楽芸術家グレースホーパーの対立(第三部第一章)は、最終的には自分たちは相互的に補完する存在であるという認識に至ることを仄めかす。

これらのエピソードは、双子という対立する関係によって主題が提示され、続いて別の二者がそれぞれの対立のドラマを演じる。それぞれの対立を演じるのは姿を変えた双子であろう。しかし表面的には対立するのは別の存在の二者である。彼らは主唱と引き続く応唱の独立した複数の声部を表わす。

H・C・Eとその息子の間の地位簒奪のテーマもまた同様である。『フィネガンズ・ウェイク』冒頭頁で言及される、アイルランド独立運動の指導者スチュアート・パーネルによるアイザック・バットの国民党党首の座の奪取、これは歴史上の地位簒奪の例であるが、排便のあとアイルランドの土で尻を拭ったために愛国者バックリーに射殺されるロシアの将軍（ただしこの場合はバックリーが彼の地位を襲うわけではない）や、『トリスタンとイゾルデ』の物語をもじった、トリスティに婚約者を奪われるマーク王の話等は、地位簒奪の変形譚である。

そもそも『フィネガンズ・ウェイク』の主人公はハンフリー・チムデン・イアウィッカーであるが、その頭字H・C・Eは様々な語の頭字でありうる。Here Comes Everybody（だれもがここにやって来る）、Howth Castle Environs（ホース城周辺＝伝説の巨人）、He Can Explain（怪しげな行動に嫌疑をかけられるH・C・Eには自己弁護の用意がある）、そのほか、三つの文字が入れ替わる形を含め、H・C・Eは随所に現われる。それらはH・C・Eという人物の核（それが何であるかは難しい。整形をしたり臓器を交換したりしてもなおかつ彼は彼であるというのといくぶん似て）

を残し、彼という人間のバリエーションを示している。しかし彼らは個々の頭字の持つ意味の人格として存在してもいる。

人物が核のようなものを暗示しつつ別の人格として現われる一方、同じ一つのテーマもまた右のようにフーガを奏でる。

複数のテーマとその各々がなす遁走のポリフォニー、図式的に言えば『フィネガンズ・ウェイク』はそのような作品である。それは本書九六－九七頁で述べた、クレーの絵で、正方形、長方形、三角形等がそれぞれ重なり合って徐々に色調を変化させ、それぞれのフーガを奏でているのに似ている。

バフチンは『ドストエフスキイ論』でまた次のようにも言う。

それぞれに独立して溶け合うことのない声と意識たち、そのそれぞれに重みのある声の対位法を駆使したポリフォニイこそドストエフスキイの小説の基本的性格である。[15]

作品の人物は作者の代弁者としてではなく、それぞれ独立した等価値の個々の存在として登場するということである。

H・C・イアウィッカーには、妻アナ・リヴィア・プルーラベル、双子の息子であるシェムとショーン、そしてイシーという娘がいる。彼らはそれぞれの葛藤や対立の物語を演じているが、それらの物語は必ずしも互いに緊密に絡んでいるわけではない。その意味で『フィネガンズ・ウェイク』は、バフチンの言うドストエフスキーの作品の性格に似ている。

しかし『フィネガンズ・ウェイク』のポリフォニー性はドストエフスキーと少し違う。ドストエフスキーの『カラマーゾフの兄弟』では、殺人犯は誰かという問題を軸に、「独立して溶け合うことのない声」が続いてゆく。『フィネガンズ・ウェイク』の場合、複数のテーマがあって、それらが互いに対位法的に進行すると同時に、それぞれのテーマ——人物もそうだが——が次々と姿・形を変えて、フーガ（遁走曲）をなすということである。

このフーガは音楽の多くの場合と違って必ずしも緊密に秩序よく進行するわけではない。

例えば、冒頭頁でアルファベット一〇〇文字から成る雷の音が鳴り響くが、ヴィーコの言う、雷鳴とともに人々が洞穴の中に逃げ込んで社会が形成され、人類の歴史が始まったという思想を象徴している。これは第二部第二章で、夕方、子供たちが家の中に追いやられて宿題に向き合わされる場面に引き継がれ、歴史の反復を表わしている。

『フィネガンズ・ウェイク』は筋もなく、分からない作品だと言われるが、バフチンの『ドストエフスキイ論』はその点についても説明を与える。脈絡とはそもそもモノローグ的（単旋律的）な統一した世界の完結した人間像と結びついているが、ドストエフスキーの作品はそうではなく、したがって筋の運びが不完全だと言われる、とバフチンは言う。このことは、複数のテーマがその様相――人物や出来事やストーリー――を変えて進行する『フィネガンズ・ウェイク』についても当てはまる。すべてのことが単一の筋に奉仕すべく進行する伝統的な小説とは『カラマーゾフの兄弟』も『フィネガンズ・ウェイク』も根本的に異なるのである。

フーガやカノンや対位法などポリフォニーのいくつかの形式は、音楽においてもそれぞれが必ずしも単独で用いられるわけではなく、判然と区別されるわけでもない。まして文学作品である『フィネガンズ・ウェイク』ではそれらの形式が厳密な意味での音楽的法則に従っているわけではなく、他の様々な要素のなかに隠れていることもある。それでもあえてその視点から切り込んでみると、難解なこの作品もその構造がむしろ見えやすくなる。

『フィネガンズ・ウェイク』は各国語、各民族語等を組み合わせて創造した言語で綴られているが、その文章はおのずから多層的となる。複数の意味をもちうる単語から成る『フィネガンズ・ウェイク』は、その意味の組み合わせによって、純論理的に言えば、順列組み合わせ的に無数の物語が生じる。これもまたこの作品のポリフォニックな側面であろう。

7　ルチアと音楽、そしてバレエ・リュス

父親がテノール、息子ジョルジオがバリトンの声をもつジョイス一家の住む部屋には、常に歌が響いていた。ジョイスの写真に、居間でピアノを弾く彼の姿を見ることが多いが、引っ越しが多かったにもかかわらず、行く先々で一家はピアノをレンタルした。ルチアは、チューリヒに住んだ七、八歳の頃、ウィーン出身の教師のもとでピアノのレッスンを受けたこともあった。声楽について言えば、ルチアはそれなりの声に恵まれてはいたが、テノールの父親、バリトンの兄ジョルジオの存在の前では劣等意識が先立ち、歌に熱意を抱くことはなかったという。音楽への関心は結局舞踊に吸収された。

バッファローの「ジョイス・コレクション」「ルチア資料」の「フォルダー・二」は、一九二六年一一月二〇日のマチネー、「コメディ・デ・シャンゼリゼ劇場」でのグループ「リズム

と色彩」[1]の公演のプログラムである。ハットン、ヴァネル、キャスリーン・ディロンら八人の出演者に混じってルチア・ジョイスの名前がある。用いられている音楽は、ドビュッシー（一八六二－一九一八）、ラヴェル（一八七五－一九三七）、スクリャービン（一八七二－一九一五）、ストラヴィンスキー（一八八二－一九七一）等、当時のきわめて前衛的な作曲家の曲である。これらはバレエ・リュスが好んで用いた音楽であった。雑誌「リズムと色彩」第三号（一九二六年五月号）には、「バレエ・リュス」と題するヴァネルの詩[2]も掲載されており、この舞踊集団がほとんど最初から、来仏したロシア・バレエの影響下にあったことを示している。

バレエ・リュス、すなわちロシア・バレエ団は、一九〇九年、セルゲイ・ディアギレフ（一八七二－一九二九）に率いられ、パリのシャトレ劇場で旗揚げ公演をし、主宰者のディアギレフが死去する一九二九年までこの都市を中心に活動した。主にレオン・バクスト（一八六六－一九二四）が美術を担当、ミハイル・フォーキン（一八八〇－一九四二）が振付けをし、ヴァーツラフ・ニジンスキー（一八九〇－一九五〇）、タマラ・カルサヴィナ（一八八五－一九七八）が舞台に立った。舞踊団は天才的な演出家ディアギレフによってパリの人々に大きな衝撃を与え、多くの前衛芸術家を巻き込む一大文化運動となった。グループ「リズムと色彩」のプログラムに名前の見える音楽家たちのほかにも、エリク・サティ（一八六六－一九二五）、マヌエル・デ・

ファリャ（一八七六―一九四六）、プロコフィエフ（一八九一―一九五三）、ダウリス・ミヨー（一八九二―一九七四）等、時代の先端をゆく作曲家たちが曲を提供した。

バレエ・リュスの主宰者ディアギレフが起用したイゴール・ストラヴィンスキーは当時はまだ無名の作曲家であった。ストラヴィンスキーは『火の鳥』（一九一〇年）、『ペトルーシュカ』（一一年）、『春の祭典』（一三年）と次々と作品を書いた。いずれの作品も人々を驚かせたが、特にシャンゼリゼ劇場でのバレエ『春の祭典』は大スキャンダルとなった。『白鳥の湖』や『眠り姫』のような優雅な音楽とバレエに馴れていた観客は、不協和音や奇抜な衣装や舞台を激しく打つ踊り手たちのシューズの音に騒然となり、ついには警官の出動となった。ジョイスの同郷人五人の回想記『われらのジョイス』に、著者の一人、アーサー・パワーは、その時の混乱について、「観客のあいだで賛成派と反対派に分かれて喧嘩が始まり、そのあとでバーにいると、ドレスを半分引き裂かれた女性が通りかかるのが見えた[3]」と書いている。

シャンゼリゼ劇場におけるバレエ『春の祭典』事件のときはジョイスはまだパリに来ていなかったが、パワーは、当時パリを席巻していた現代芸術にジョイスは関心がないように見えたと言う。デンマーク人の作家オーレ・ヴィンディング（一九〇六―八五）も、ジョイスはストラヴィンスキーを始めとする同時代の作曲家を好まなかったと回想している。[4]ジョイスが愛するのは音楽というよりは歌であった。アイルランドの民謡であれ、トマス・ムアの『アイリッシュ・メロディーズ』であれ、オペラのアリアであれ、歌詞を伴うもの、もっと正確には声楽であった。彼が珍しく好んだ同時代の音楽家はオットマール・シェック（一八八六–一九五七）であったが、シェックは歌曲の作曲家であった。

バレエを踊る娘ルチアが親しむ音楽は声楽ではなかったし、彼女が加わった舞踊グループの用いた音楽はバレエ・リュス好みの前衛作曲家の曲であった。そうであれば、ジョイスはたとえ現代音楽を好まなかったとしても彼らのバレエ音楽は受け入れたであろう。「ルチア資料」の「フォルダー・三」は「フォルダー・二」同様、グループ「リズムと色彩」の公演のプログラムである。一九二七年二月一九日土曜日、これもマチネーである。曲はラヴェル、ストラヴィンスキー、ドビュッシー等のもので、ここにはブラームス（一八三三–九七）やスカルラッティ（一六六〇–一七二五）といった古典的作曲家も加わっている。

バレエ・リュスは、音楽だけでなく舞台装置や衣装についても前衛的な芸術家を起用した。マティス、ルオー（一八七一–一九五八）、ピカソ、エルンスト（一八九一–一九七六）、ミロ（一八九三–一九八三）、ダリ（一九〇四–八九）等、その顔ぶれはこの舞踊団がいかに果敢に革新性を追求していたかを語る。

一九一七年の『パラード』は前衛性が最も濃厚に現われた公演であったと言えるのかもしれない。parade とは見世物小屋の外で客寄せをする道化を意味するが、このバレエでは手品師や軽業師や少女が舞踊によってそれぞれの芸を披露した。エリク・サティの音楽、ジャン・コクトー（一八八九－一九六三）のシナリオ、ピカソの舞台装置と衣装、レオニード・マシーン（一八九六－一九七九）の振付けと踊り、指揮はエルネスト・アンセルメ（一八八三－一九六九）で、フィリップ・スーポーはこれを「シュールレアリスムの出発点」と呼んだ。この名称の始まりはこの公演にあったのである。個性の強い芸術家によるこのコラボレーションは妥協の産物という一面もあったであろう。ともあれこの公演は大スキャンダルとなるに十分な衝撃力をもっていた。サティはコクトーの意見も入れ、ピストルの音や船の霧笛やタイプライターの音の入り混じる曲を作り、批評家の酷評を受けた。サティは反撃したが、用いた言葉が侮辱罪に当たるとして告訴され、八日間の禁固刑となった。

バレエ・リュスはこうしてパリの社会に様々な評判を巻き起こし、一九二九年のディアギレフの死の年まで続き、そのあとは「バレエ・リュス・ド・モンテ・カルロ」と「オリジナル・バレエ・リュス」に分裂して活動した。

前述のジョン・ダンカン・ファーガソンはフォーヴィスムの影響を受けた画家である。しかし、彼がそれに劣らぬ刺激を感じたのはバレエ・リュスで、一九〇九年の彼らの来仏の時から強い関心を抱いた。その舞台では音楽家、画家、作家、詩人、舞踊家等、各分野の芸術家が力を結集していた。カンディンスキーの言う「各種の芸術の接近」が最も明白で濃密なかたちで実現していた。ファーガソンがバレエという芸術に関心をもつのはこの舞踊団の来仏を契機としている。ただ、舞踊そのものへの関心はそれ以前にもあって、作品*Les Eus*（一九一一－一三）ではすべてヌードの男性二人と女性四人の群舞が描かれている。図録『スコットランドの色彩派の画家たち』によれば、この絵はむしろイサドラ・ダンカンやエミール・ジャック＝ダルクローズの舞踊を反映したものであろうという。マティスの舞踏の絵数点は一九〇九年から一九一〇年にかけて制作されており、この画家から強い影響を受けていたファーガソンの舞踊への関心はマティスからも来ているだろう。しかしバレエ・リュスが舞踊への関心を深め、さらに舞台芸術としてのバレエへの関心を促したものと考えられる。『スコットランドの色彩派の画家たち』解説には次のようにある。

「ペプローの思い出の記」や、ファーガソンのスケッチブック・ノート、とりわけ雑誌「リズム」用に選んだイラストレーションを見ると、ファーガソンやライス（会員用無料チケットを貫っていた）、それにペプロー、ジェシカ・ディズモアや〝ジョルジュ〟・バンク兄弟も、『シェエラザード』『ペトルーシュカ』『サロメ』『薔薇の精』を始めとするディアギレフの様々なバレエ・リュス公演に通ったことが分かる。[6]

ファーガソンが一九一三年に舞踊家であるマーガレット・モリスと会い、彼女に惹かれるのもこのような背景と無関係でないだろう。そのモリスの弟子たちの作ったグループ「リズムと色彩」のバレエの公演がバレエ・リュスの影響を見せるのも当然であった。

舞台装置、衣装等、バレエ・リュスの美術を担当したのは、初年の一九〇九年から一四年まで、ほとんどがレオン・バクストであった。この舞踊団を語るにバクストを抜きにはできない。

レオン・バクストは旧称白ロシア、現ベラルーシのユダヤ人一家に生まれ、ペテルブルグで美術を学び、一八九三年から三年間、後年ルチアも学ぶパリのアカデミー・ジュリアンで、ジャン・レオン・ジェロームに師事する。オルセー美術館にはジェロームの作品『闘鶏をする若いギリシア人』（一八四六年）がある。見まいとするように身を反らせる美女の前で二羽の鶏を闘わせる引き締まった肉体の美青年の絵である。筆あとを見せない滑らかな仕上げは新古典主義の画家アングルを思い出させる。ジェロームはこのようなギリシアや聖書を題材にした作品を描く一方で、トルコ旅行以後、異国趣味の作品を多く描き、これがバクストに影響を与えた。一九〇九年から加わったバレエ・リュスで、バクストは、『クレオパトラ』(一九〇九年、シャトレ座)、『シェエラザード』(一九一〇年、オペラ座)、『火の鳥』(一九一〇年、オペラ座)、『牧神の午後』(一九一二年、シャトレ座)、『ダフニスとクロエ』(一九一二年、シャトレ座)で、異国情緒に富む華やかで色彩豊かな舞台装置や衣装を考案し、パリの人々を魅了した。マルク・シャガールは彼の弟子の一人である。

ファーガソンの女友達、エステル・ライスの『エジプトの踊り手』[図1](一九一〇年、本書六二-六五頁)も前年のバレエ・リュスの『クレオパトラ』の影響で描かれた絵である。翌年にはライスはその年の『シェエラザード』に刺激されて同じ題名の絵を描いて「リズム」に載せ、一二年秋号には、ウィリアム・デーヴィーズの「二つの生命」と題する詩の下に、チュールを重ねた膝下の長さのチュチュをつけたバレエ・リュスの踊り子八人の群舞のスケッチを載せている。

バッファローの「ルチア資料」には、ルチアが集めた舞踊家や振付師の写真を入れたフォルダーがある(「フォルダー・一〇」)。中にはクロチルド・ソコロフのようにバレエ・リュスに属していなかったと思われる人物の写真もあるが、大方はこの舞踊団の団員のものである。

丸く大きくカールさせた銀髪のかつらをつけたクロチルド・ソコロフ（一八九二―一九七四）はドイツ出身のバレリーナ、一九一九年、ロシア人バレエ・ダンサーで振付師で衣装のデザイナーであったアレクサンドル・ソコロフ（一八八六―一九六三）と結婚し、二人でコンビを組んで世界各地を巡業した。『ヨーロッパ人によるジョイスの回想』にスイス人評論家のジャック・メルカントンは、一九三八年にローザンヌでジョイス夫妻と会ったとき、たまたまソコロフ夫妻がローザンヌに公演に来ていて、ジョイスは彼らのことを話題にしたと書いている。[7]「フォルダー」に入った写真の一つはリュボフィ・チェルニショーヴァ（一八九〇―一九七六）である。一九一一年から二九年のディアギレフの死の時までバレエ・リュスで首席バレリーナとして踊り、バレエ・リュス分裂後は、「バレエ・リュス・ド・モンテ・カルロ」の教師として活躍した。黒い瞳の大きな目が印象的な美人のブロマイドである。

ジョイスの友人のスチュアート・ギルバートは、ルチアについて、彼女にはあらゆるチャンスがあった、パヴロワ（一八八一―一九三一）のようなバレリーナになろうと思えばなれたものを、「自惚れと怠惰」からその努力を怠ったと日記[8]（一九三二年五月二四日付）に書いている。ギルバートのこの日記はルチアがバレエをやめて二年半頃のものだが、しかしバレエを踊っていた頃のルチアの熱意は大方の認めるところであった。ギルバートの見方は辛辣すぎるが、この日記を書いた三カ月前のジョイス五〇歳の誕生日、ルチアは錯乱状態を呈し、これまでも気まぐれで自己中心的ではあったが、以来ますますルチアは横暴になった。ギルバートはそれを病気によるものとはまだ認識していなかったのだろう。「好き放題にしてわがままを募らせたのだ」[9]と言う。

ルチアが「もう一人のパヴロワ」になることを目指して努力したかどうかは別として、少なくとも彼女はパヴロワへの憧れは抱いていた。バッファローの「フォルダー」には、他のダンサーの場合と違って、複数のアンナ・パヴロワのブロマイドが入っている。何足ものバレエ・シューズを前にして椅子に座るパヴロワ。別の一枚は「ショピニアーナ」を踊る姿である。「ショピニアーナ」とは別名「レ・シルフィード」、ショパンのピアノ曲を編曲した舞踊組曲（バレエ『ラ・シルフィード』とは別）で、バレエ・リュスの初期の振付師ミハイル・フォーキンが振付けをした。パヴロワを世界的なバレリーナにした「瀕死の白鳥」の振付けもフォーキンであった。その「瀕死の白鳥」を踊るパヴロワの写真もある。

レザーのジャケットに格子の半ズボンをはいたバレリーナ、アレクサンドラ・ダニロヴァ（一九〇三－九七）を後ろから抱くレオニード・マシーンは、神がかり的と言われた名ダンサーのニジンスキーが団員のバレリーナと結婚して、ディアギレフの怒りを買って解雇された一九一五年以降、バレエ・リュスの振付師として驚異的な数の作品を手がけ、また花形ダンサーとしても活躍した。ディアギレフの死後、舞踊団が分裂したとき、マシーンはバレエ・リュス・ド・モンテ・カルロを結成し、世界各地で成功を収めた。しかし金銭的な成功が彼の身を滅ぼした。その経緯については、映画『バレエ・リュス　踊る歓び、生きる歓び』（二〇〇五年）に詳しい。この映画は一九二〇年代以降のバレエ・リュスの歴史を辿ろうとしたもので、初期一〇年がほとんど触れられておらず、創設時のことや、ニジンスキーや、舞台装置・衣装の制作によってバレエ・リュスの評判を高めたレオン・バクストが活躍した時期に関心をもつ者には物足りない。しかし、実際に踊っていた者たちの証言をもとに構成された、きわめて興味深いドキュメンタリー映画である。それはルチアが踊っていた時期ともほぼ重なる。

レオニード・マシーンは一九四八年の映画『赤い靴』で靴屋の役を演じ、最終場面で、恋と踊りの板挟みになって自殺したバレリーナの赤い靴をもって踊った。マシーンが丸く大きな目に悲しみを浮かべて踊る姿は、この映画を観た者の目に今も焼き付いているだろう。『赤い靴』は多分にバレエ・リュスをモデルにした映画であろう。バレリーナのヴィッキー（モイラ・シエアラーの演じる）に恋を棄てて踊ることを求める興行主ボリス・レルモントフはディアギレフを彷彿とさせる。芸術のために何かを犠牲にする（またはそれを求める）というテーマは普遍的ではあるが、シチュエーションや人物の性格はよく似ている。ディアギレフは、彼が同行しなかった公演旅行中にニジンスキーがハンガリー人バレリーナのローナと結婚したことを怒って、二人を解雇した。映画『赤い靴』の主人公は自殺するが、ニジンスキーは解雇が直接の理由でないにせよ、精神を病み、不幸な後半生を送った。

ルチアの舞踊の最後の師となったのは、バレエ・リュスで踊ったリュボフィ・エゴローヴァ（一八八〇－一九七二）である。エゴローヴァはジョイスの二歳年長の一八八〇年の生まれ、サンクトペテルブルグの舞踊学校に学んだあとマリインスキー劇場のバレリーナとなり、ディアギレフの目に留まるところとなって、一九一八年、パリのバレエ・リュスに加わった。一九二三年、エゴローヴァは舞踊学校を開き、そこで教鞭を執った。その学校にルチアは入学したが、その時期は一九二八年末か翌一九二九年の初め頃と考えられる。二九年の秋、彼女は舞踊を棄てた。パトロンのH・S・ウィーヴァーに宛てた手紙（一九二九年一〇月一九日付）にジョイスは、あの子は一カ月間泣き暮らしたあと、自分には体力がない、と結論づけたようだと書いている。

キャロル・L・シュロスはその著書『ルチア・ジョイス』で、二七歳でバレエを始めたスコット・フィッツジェラルドの妻ゼルダ（一九〇〇－四八）が、一〇歳前に始めてこそ作られるバレエ向きの肉体を持たなかったために師のエゴローヴァのしごきに耐えられなかったことを挙げ、ルチアも同じであったろうと推測している。これは十分考えられることである。シュロスはゼルダの小説『ワルツはわたしと』を引用しているが、エゴローヴァの訓練の激しさを反映しているだろう。

「ともかくいまは、遅い出発なんですから、足をどうおくか、いつもそのことを考えなさい。……いいですか、このストレッチを毎晩五十回やりなさい」

彼女は、バーのそばで、長い脚をひっぱったり曲げたりした。アラバマの顔は無理な力のために赤くなってきた。女は、文字通り、アラバマの筋肉をばらばらにした。苦痛で泣きたかった。マダムの靄のかかったような目と赤く裂けた口を見ているうちに、その顔にアラバマは悪意をかんじた。マダムは残酷な女だ、と思った。マダムは憎悪と悪意のかたまりだ。

「休んではいけません」とマダムが言った。「つづけて」

アラバマは痛む手足をぐいぐいとひっぱった。ロシア人は、アラバマに残忍な体操をやらせたまま、出ていった。[10]

『ワルツはわたしと』はほぼ私小説である。小説のアラバマ、つまりゼルダがエゴローヴァについてバレエを習い始めるのは、一九二〇年にF・スコット・フィッツジェラルドと結婚し、子供も持ったあとの一九二八年、二七歳の時だった。ルチアが本格的に舞踊を始めたのは十九歳前後で、年齢的にゼルダより早かったとしても、バレエで求められる肉体を作るには遅かったのかもしれない。ジョイスの手紙の「(ルチアは) 自分には激しい舞踊の道を続けるには体力がないと結論づけたようです」という文面を思い出せば、ルチアがバレエを放棄した直接の理由は、思うように動かない自分の肉体と「絶望的な勝負」をしていると感じたアラバマ (ゼルダ) の場合と同じであったと考えられる。舞踊仲間のドミニク・マロジェもそのことを示唆している。

ルチアがマリ劇場の厳しく苛酷な伝統を自分に与えるよう求めた相手はリュボフィ・エゴローヴァであった。彼女は情け容赦のない教師だった。関節を酷使し、肉体を痛めつけることを強いるやり方だった。ルチアはオランピアのスタジオで、一日六時間、バーでの練習をし、古典的訓練のとてつもない努力を筋肉に課したのであった。[11]

ゼルダの小説はディアギレフについても言及している。「バレエ・リュスのディアギレフは朝の八時にリハーサルをはじめた。ダンサーたちが劇場をひきあげるのは夜の一時頃だった。[12]」

ロシアのバレエ団の訓練の厳しさをうかがわせる。

ゼルダもルチアも、そしてニジンスキーも、統合失調症を発症した。『ゼルダ・フィッツジェラルド全作品』の「序文」の筆者メアリ・ゴードン[13]は、「ゼルダは二七歳という遅すぎる年齢で、一流のバレリーナになろうとした。彼女の神経衰弱は一九三〇年にはじまった。ダンスに空しく専念したことからくる緊張のせいだった」と書いている。「神経衰弱」とは言葉を濁した言い方である。彼らの病気の発症はそれほど単純ではなかっただろう。遺伝的な素因、生育の環境等、複数の要因が絡んでいたはずである。しかしもしバレエと関係があったとすれば、少なくともゼルダとルチアの場合、不可能な願望に向かってのがむしゃらな努力の対象がバレエであったということかもしれない。二人に共通していたことは、身近なモデルへの対抗意識、その意識に駆り立てられた、芸術家として認められようとする願望であった。モデルはゼルダにとっては夫スコット・フィッツジェラルド、ルチアにとっては父ジョイスであった。

ただ、ルチアのバレエの熱意を父親への対抗意識とだけ考えることは適当ではない。その根底にはもちろんバレエそのものが好きだったということがある。加えてもう一つの動機があった。

先に示したように、ルチアについて辛辣な見方を示したスチュアート・ギルバートは、同日の『パリ日記』にもっと辛辣とさえ言えることを書いている。

三つの言語はものにならず、〝仕事をしたい〟というフェミニスト的願望を口にし、そのままでは自己を顕示することにはならないような、あるいは彼女の肉体を飾ることにならないような仕事には女性的な嫌悪を示し——〝仕事〟とは、雇い主（いるとして）とその使用人とが彼女に敬意とへつらいを見せ、どんな手助けをすることもいとわない、そのような者たちの崇めるような視線の前で自分が宝石のように輝く、暖くて優雅なオフィスのことだと考えている——そんな彼女はとうとう現実にぶつかったのである。[14]

ギルバートの見方はあまりにも厳しい。彼は一時期のジョイスと同様に、彼女を病気の犠牲者であるとは見ていなかったのであろう。自己中心的な、このところの言動から、〝仕事をしたい〟というルチアの願望についても皮肉な見方をしたのだろう。バッファローのルチア資料のフォルダーには、「キャスリーン・ノエル、ルチア・ジョイス」という連名の、名刺より少し大きめの「ボディ・トレーニング、個人レッスン」の案内がある。たとえそれが〝フェミニスト的願望〟と言われようと、望む〝仕事〟は甘ったれたものと言われようと、ヴァージニア・ウルフの『自分だけの部屋』を俟つまでもなく、収入を得ることこそ精神の自立につながるものならば、父親に寄食するだけに終わるまいとするルチアの心がけはよしとしなければならない。そのルチアができる〝仕事〟とはバレエとつながることでしかなかった。街頭で配ったか、どこか公共の場所に置いたか、名刺風の広告または案内にルチアの精いっぱいの志が表われているように思われる。

バレエ・リュスは、社会や個人に直接・間接の影響を与えてディアギレフの死の年まで存続した。その影響はダンカン・ファーガソンからマーガレット・モリスへ、モリスからハットンとヴァネルへ及び、そしてその舞踊集団「リズムと色彩」に加わったルチアにもまた及んだ。「フォルダー」に保存された写真は彼女がバレエ・リュスの踊り手たちに抱いた憧憬を語る。結局「三年ないし四年のきびしい努力」（ウィーヴァー宛てのジョイスの先の手紙）の末にルチアは挫折した。

しかしルチアに何も残らなかっただろうか。ジョイスが好まなかった現代音楽はルチアに新たなリズムとメロディの感覚を与えたであろう。最後の舞台となった一九二九年五月の国際バレエ・コンテストで、ルチアは自分で考案した衣装を用いたが、魚の銀鱗のようにも光のかけらを綴り合わせたようにも見えるその衣装は、古典バレエのそれとは違う現代的なセンスのデザインであった。

レオン・バクストが世を去ったのはルチアが舞踊を学び始めた頃であったが、彼の繰り出した多彩で多様なイメージはルチアが踊っていた時期にもその痕跡は残っていただろう。バクストに続いてマティスやミロやピカソや、ローランサン、ブラックらがバレエ・リュスのために絵筆を握ったが、ルチアはその中で彼女の美のセンスを培うこともあっただろう。

二〇〇七年夏、東京都庭園美術館で「舞台芸術の世界――ディアギレフのロシアバレエと舞台デザイン」という展覧会が催された。

この展覧会に、上演されることのなかったバレエ『ラ・ペリ』のためのバクストによる衣装のデザインが展示されていた。妙な連想であったが、この衣装が、ジョイスの作品『ミック、ニック、マギーたちのマイム』の表紙のためにルチアが描いた絵［図4］を思い出させた。ルチアのその絵は、あたかも右足の爪先で立ち、左脚を大きくあげたバレエ・ダンサーのポーズのようで、バクストの描いた『ラ・ペリ』の踊り手の姿と似ている。ルチアの絵は抽象的なデザインで、人間を表現したものではないが、あえて踊り手と見立てれば、下半身は濃い色の大柄な模様、上半身は細かな抽象模様で、『ラ・ペリ』のための衣装と類似する。細かく見ればもちろん違いは明らかであるが、瞬間の印象には共通するところがある。バレエを棄てたあと、ルチアは父親の詩集や散文の冒頭頭字を装飾した。レトリヌとフランス語で呼ばれる彩色大文字の技法をどのように身につけたのか、またその色彩感覚やデザインのヒントを何から得たのか、それはこのあとにとりあげたいテーマであるが、ファーガソン同様にルチアもまた造形美術の上でバレエ・リュスから学ぶところがあったのではないか。

一九二九年八月、ディアギレフはヴェネツィアに没し、サン・ミケレ島に埋葬された。ルチアが舞踊をやめたのは同じ年の、それから間もない秋だった。

無為に過ごすルチアにジョイスは歌を勧め、交際のあった彫刻家アウグスト・ズーターの妻エレーヌ（一八九三―一九六三）の指導を受けさせることにした。エレーヌはチューリヒの音楽家アルフレード・カイラティ（一八七五―一九六〇）の弟子で、国際的なコントラルトの歌手であり、みずから作曲もし、ジョイスの詩作品に曲をつけた。ルチアは週二回、友人とアミラル・ムシェ通りのエレーヌの住まいに通ったが、「三カ月でルチアは通わなくなった。一九三三年一二月のことだった」[15]とバレエ友達であったドミニク・マロジェは回想している。その年の七月、ルチアはスイス・ニヨンのサナトリウムに入院した（本書一一二頁）。しかしジョイスは回復の見込みはないと見て、状態の悪い娘を一週間で退院させた。そのしばらくあとに開始されたこの歌のレッスンは続くわけもなかったと言わねばならないだろう。

8　ルチアの絵

絵の修業

ピアノや声楽のレッスンは長続きしなかったが、絵の勉強のほうはもう少し持続的であったと言えるかもしれない。

ジョイス一家がトリエステからパリに移り住んだのは一九二〇年のことである。ルチアはその翌年の一九二一年には画塾「アカデミー・ジュリアン」に入り、絵を学び始めている。[1]「アカデミー・ジュリアン」は、一八六八年に画家ロドルフィ・ジュリアン（一八三九―一九〇七）がパリ二区の、オペラ座からもそう遠くないパッサージュ・デ・パノラマに開いた画塾である。その後別の場所にもいくつかのアトリエが作られた。左岸に住んでいたルチアが学んだのは、その一つであるサンジェルマン大通りから入るドラゴン通りのアトリエではなかっただろうか。

政府認可の「エコール・デ・ボザール（美術学校）」と違って早くから女子を受け入れたこの画塾には、教養として絵を習おうとする女子が多くいる一方で、画家を目指して本格的な修業をする者も少なくなく、マティスやアンドレ・ドランやフェルナン・レジェら、その後美術界をリードする芸術家が学んだと言われる。天才的と言われながら夭折した日本の彫刻家荻原碌山も、一九〇三年、二四歳のときにパリに来て一年間ここに学んだ。

ルチアは「アカデミー・ジュリアン」にほぼ一年間学び、その後舞踊を始め、一九二五年にマーガレット・モリスの舞踊学校に加わった。舞踊学校とは言え、前述のように、ここでは音楽と絵画の教育が重視された。

ファーガソンの影響のもとに行なわれたマーガレット・モリスの舞踊学校の美術教育は具体的にどのようなものであっただろう。先の引用でモリスが言っている「完全な表現の自由」とはどのようなことであったのか。その一端は次のような指導方針にうかがえる。

生徒は、花や木など具象から絵を始めると、もともと持っている知識に支配されやすいから抽象から始めるほうがよい。[2]

生徒には音楽を聴かせてその印象を描かせるとよい。ただし抽象だけがよいと考えているわけでないことを教えねばならず、ひとたび精神が解放されれば、木であれ丘であれ、見る対象からインスピレーションを得るように努めさせねばならない。[3] 絵はある枠のなかで見るとき、よりよく見えるから、生徒は有限の範囲のなかで構成を考えるのがよい。

右が示唆する描き方は、モリスが著書のなかで続けて述べている、一八九〇年代の「グラスゴー派」や、サミュエル・ペプロー、ジョン・ダンカン・ファーガソンらの「スコットランドの色彩派」の手法と共通する。「(彼らの絵の)題材はそれ(木とか花である)と分かるもの(再現的)であっても、描き方は完全に自由で個性的[4]」であった。画集で見るかぎり、これらの画家たちの絵は抽象性の強い再現的絵画と言えるかもしれない。

モリスの学校では肖像画はあまり推奨されない。描き手が対象の再現――対象に似ていること――に意識が向かいすぎるからだと言い、過去の肖像画でも再現性(似ていること)と芸術性が両立している例は少ないと言う。バッファロー大学「ケイペン・ホール」の一族の肖像画の、特にカマフォードの作とされる絵のことを思い出させる。

この学校の本来の目的である舞踊についてモリスは次のように書いているが、絵についても同様に考えられたのだろう。

創造的舞踏法《コレオグラフィ》とは、特定の流派の決まり事や型どおりのポーズやアクロバットを避ける舞踏である。これらを用いることも時として意味があるが、そこには知性と抑制が働かねばならない。生徒にはコンポジションのテクニックと基本的方式のみを教えねばならない。作品を創造的にするインスピレーションは個人的なものである。

マーガレット・モリス校で、ルチアはモリスの方針を受け継ぐ若い教師、ロイス・ハットンとエレーヌ・ヴァネルの指導のもとに、舞踊とともに絵の勉強をした。

バッファロー大学「ジョイス・コレクション」の「ルチア資料」「フォルダー・一三」には、修業時代の彼女の絵数点が収められている。絵、と言ってもきわめてラフな習作が多く、彼女の存在がそれだけ身近に感じられるような作品である。

ジョイス関連の本に取り込まれている父親の顔のスケッチもあるが、だれとは見分けがたいいくつかの顔のスケッチや、舞踊を学ぶ者らしく、踊り手の手足の動きを連続的に描いた線画や、弓を射る人のデッサンがある。なかでも目を引くのは水彩画である。

「フォルダー・一三」のなかの全部で一四枚の水彩画は、モリス校の指導方針を裏書きするように、ほとんどが抽象作品である。もっとも、頭巾をかぶった女の絵や、水夫を思わせる三人の男性と踊り子のような少女を描いた戯画風な絵もないではない。しかし非再現的な、直線、U字曲線、S字曲線、楕円形、円錐形、等々の形を自由に組み合わせた絵がほとんどである。それらに特徴的なのは原色に近い色であり、大まかな筆遣いである。

マーガレット・モリスの夫ジョン・ダンカン・ファーガソンは、前述のように、マティスに代表される「フォーヴィスム（野獣派）」に傾倒し、モリスの作った舞踊学校で教鞭も執った。ルチアがファーガソン自身に学んだ形跡は見出せないが、彼女の「フォルダー・一三」の一〇数枚の絵の色遣いの鮮やかさ、太い筆のタッチは、ファーガソンからモリスへ、モリスからハットンとヴァネルへ、そしてルチアへと影響が及んでいることを感じさせる。

これらの習作にいくぶん細やかさの加わるものもないではない。その一枚は紫、茶、こげ茶、黄色、草色、なす紺等、色彩的にも多様さを加えている。裏に教師らしい人物の字で、「たいへん結構です。直線とアングルに力強さがあります」と感想が書かれている。「フォルダー」に付せられた編集者による注記は、評者の名前を「おそらくロイス・ハットンかエレーヌ・ヴァネル」とし、絵が描かれた時期を「一九二八年?」としている。[6]

「たいへん結構です（very good）」とは、しかし、どのような意味なのだろう。good の意味がその絵の着想や個性を見ての批評ならば、そう言えるのかもしれない。けれどもこの言葉の暗示する熟達とか器用という意味では違うだろう。モリス校時代のルチアの絵は、残されているもので見るかぎり、大味で生硬である。

装飾頭字の制作

一九三一年秋頃からジョイスはルチアに頭字大文字の装飾の仕事をするよう仕向け、一九三二年一二月、ルチアの最初の装飾文字を用いたジョイスの詩集『一個一ペニーのりんご』が世に出た。『ミック、ニック、マギーたちのマイム』(一九三四年六月)、『チョーサー　A・B・C』(一九三六年七月)、『乙女が歌に歌われる小話』(一九三七年一〇月)がそれに続いた。

バッファロー大学図書館は、ルチアの彩飾大文字を用いた『一個一ペニーのりんご』『ミック、ニック、マギーたちのマイム』『チョーサー　A・B・C』を所蔵している。これらは「ジョイス・コレクション」の「ルチア資料」とは別に分類され、「ケイペン・ホール」で保管されている。

ここで私が最初に手に取ったのは『一個一ペニーのりんご』であった。全部で二五部作られたなかのその一冊は、シルヴィア・ビーチがこの大学に寄贈したものである。ビーチが大切に保管したこの『一個一ペニーのりんご』は、かつて大英図書館やダブリンの国立図書館で見た、不特定多数の人々の手に取られてくたびれの見えたのと違って、まるで制作された直後のように、色彩は鮮明、文字を縁取る銀色も光を放っている。ジョイスの他の作品に施されたルチアの装飾文字も寄贈されたアイルランドやイギリスやフランスの図書館で目にしてはいるが、これほどの美しさを保っているものはこれまでになかった。ルイ・ジレが序文を書いた『チョーサー　A・B・C』についてもほぼ同じことが言える。

ルチアの装飾文字の豪華とも言える色彩は見る者に強い印象を与える。その豪華さは、この種の作品は多額の費用がかかるから白黒でやらせたいと、ジョイスが参考にビアズリーの「丘の麓で」を娘に与えた[7]というほどのものである。

保管のよさによって保たれたその美しさが、モリス校時代のルチアの絵との違いをいっそう際立たせた。

バッファロー大学のルチアの水彩画を入れたフォルダーの表には、絵が描かれた時期として前述のように「一九二八年？」と書かれているが、個々の絵自体にはどれも日付がない。それらの絵と、その後の彼女が制作した右の彩飾大文字——装飾性は強いが、これもまた絵画と呼んでよいだろう——の美意識や技法の違いをどう理解すればよいのだろうか。「フォルダー・

一三」のなかのいくぶん凝った抽象画風の作品にその兆しを見ることもできなくはないが、この大きな違いは何によってもたらされたものなのか。ルチアの装飾文字については以前に『ジョイスのパリ時代』(二〇〇六年)にあらまし書いたが、その時にはまだ修業時代のルチアの絵を見ていなかった。今、両者の違いを眼前にするとき、そのよって来るところを知りたいという気持に駆られる。

舞踊を放棄したルチアにそれに取って代わる生き甲斐をもたせようと、ジョイスは、娘に絵の才能がなくはないとみて装飾文字の仕事を思いつき、確かにそのための配慮をした。「ルチアに『書体(またはアルファベット)の歴史』(ソンツォニョ、ポポロ双書)を手に入れてやってほしい」[8](一九三二年八月一七日消印)と弟スタニスロースへの手紙に書き、その年の秋には、パリのアルバトロス出版社長ホルロイド＝リースにルチアを会わせ、装飾文字について助言を求めた。ホルロイド＝リースはルチアに専門書を数冊貸し与えた。

この一九三二年一〇月にはすでにルチアの装飾による『一個一ペニーのりんご』が本になっているが、前年の一九三一年一一月二二日付のジョイスの手紙は、出る予定の『ザ・ジョイス・ブック』[9]にルチアの描いた装飾文字を使わせようとしたが、間に合わなかったことを伝えており、したがって、ルチアが舞踊をやめたそのほとんど直後からジョイスは娘に装飾大文字の仕事を始めさせ、その種の本の手配ほか、可能な手助けをしていたものと考えられる。

ルチアがどのような「専門書」を手にしたかは明らかではない。彼女はみずから日本や中国の本を取り寄せたともいう。それらの本から、ルチアは絵の才能と若い感受力とによって、技法や文字のイメージを急速に自分のものにしていったのかもしれない。

しかし、それだけで右の変化は生じるものだろうか。先に挙げたルチアの舞踊友達のドミニク・マロジェは、回想記に、「ルチアはグランド・ショミエールでデッサンをし、マリー・ローランサンのクラスに通ったが、彼女の心はそこになかった」[10]と書いており、舞踊をやめ、装飾文字の勉強を始めた時期にも、ルチアが必ずしも熱意をもって絵を勉強しようとしたのでないこと、彼女が本当にやりたかったことは舞踊だったということを示唆している。ドミニク・マロジェは、ルチアの装飾文字による『チョーサー　A・B・C』に序文を書いたルイ・ジレの娘である。

にもかかわらずルチアが描いた装飾大文字は見る者の眼を見張らせる。

マロジェの回想記の「グランド・ショミエール」とは、左岸のモンパルナス駅やモンパルナス墓地に近い、その名前の通りにあった画塾で、後述するルチアと多少関わりのあった彫刻家アレクサンダー・カルダーも一時ここに学んだ。

マロジェの言う「マリー・ローランサンのクラス……」は、本書三九頁に引いた、ポール・レオンの一九三三年四月二五日付の手紙に「ジョイス嬢は製本の仕事やマリー・ローランサンのクラスに通うのはやめました……」とあるのと一致するだろう。

このような「グランド・ショミエール」や「マリー・ローランサンのクラス」でのレッスンが、熱意はないながらに、またルチア自身の自覚がないままに、彼女に新たな画法を与えていたのだろうか。

しかし、それ以上に考えてみたいのは、装飾文字（illuminated letters）と言えば思い出される中世の写本である。五世紀頃に始まるヨーロッパの写本芸術の歴史のなかで、装飾文字の歴史もまた刻まれてきた。

ルーヴルやマルモッタン美術館やクリュニ中世美術館を擁するパリの生活で、ルチアにそのような写本を見る機会はなかっただろうか。だが彼女にはそれよりももっと身近に『ケルズの書』という中世アイルランドで制作された写本があった。父親ジョイスがこの写本の複製版を所有していたのである。

ルチアの装飾大文字を用いた『チョーサー　A・B・C』に序文を書いた文芸評論家ルイ・ジレは、その出来を讃えて言う。

それらの大文字は生きているように見えた。昆虫か、妖しい花か、あるいは頁の上に投げ出されて今にも飛び立とうとする未知の種類の蝶のように見えた。東洋的で、妖精のようで、それに大変アイルランド的だった。少女が知らない写本の大文字、すなわちステンド・グラスの窓にも似た『ケルズの書』や『アーマーの書』の驚くべき頁を思い出させ、またペルシア・タイルをも思い出させたが、うわ薬は少女が自分で発見したものだった。[11]

ジレの言うように、ルチアの装飾文字は、あとで述べるように、デザインの精緻さ、複雑さ、幻想性、細やかな筆遣い、色彩の華やかさによって『ケルズの書』を思い出させる。『ケルズの書』は、ルチアの両親の母国アイルランドが生み出した、福音書の写本のなかでも最も有名なものの一つである。母親のノラとアイルランドを訪れたとき、ダブリンのトリニティ・コレッジの図書館に展示されている『ケルズの書』をルチアが見たという可能性もゼロではない。しかし『ケルズの書』は、ジョイスがつねに身近に置いて創作の範としたという写本であった。その写本を、ルチアが目にする機会がなかったとは考えにくい。

ところが右の序文で、ジレは、ルチアは『ケルズの書』を見たことがなかったと言っている。

少女が知らない写本の大文字、すなわちステンド・グラスの窓にも似た『ケルズの書』や『アーマーの書』の驚くべき頁を思い出させ、……

パリ時代のジョイスの親しい友人、スチュアート・ギルバートもジレと同じことを言う。ギルバートは『ジョイス書簡集I』に序文を書いたが、そのなかでルチアの装飾文字について次のように言っている。

最後の作品で、ルチアは、その手段とより確かな職人芸にますます磨きのかかったことを示したが、最も早い時期の装飾文字にさえ、すでに彼女の色彩に対する無比の感覚と独自の想像力が現われている。ルチアの作品は有名な『ケルズの書』（七〇〇年頃の書で、アイルランドの修道僧によってこの名前、つまりケルズの修道院で作られた）と似ているが、ジョイスが私に言明したところによると、ルチアは大文字のデザインを行なったときまでにこの書を見たことがなかった。それだけにいっそう見事である。（アイルランドの修道僧たちの絵画における夢想と『ウェイク』の言語の花火術とはこれまでたびたび言及されてきた。）[12]

「最後の作品」とはこの場合『チョーサー　A・B・C』（一九三六年）のことであろう。翌年に『乙女が歌に歌われる小話』の仕事があるが、これは文章冒頭のAの字のみの装飾である。「最も早い時期の装飾文字」とは『一個一ペニーのりんご』（一九三二年）のことで、『ミック、ニック、マギーたちのマイム』（一九三四年）を含めてもよいだろう。「ルチアはこの書（『ケルズの書』）を見たことがなかった」というギルバートの証言は、しかし、「ジョイスが私に言明したところによると」とあるように、ジョイスの言に基づくものである。ジレの証言もまた同じであろう。

作家志望の若い友人、アーサー・パワーに創作の方法を訊かれたとき、ジョイスは答えた。

ローマでもチューリヒでもトリエステでも、ぼくは行く先々にこれを持ってゆき、何時間もその職人芸に見入った。それは何よりも純粋にアイルランド的で、頁いっぱいに拡がる大きな頭文字のいくつかは『ユリシーズ』の一つの章の本質をなす性質をもっている。実際、君はぼくの作品の多くの部分をこの精妙な装飾文字になぞらえることができるよ。[13]

一方、彼の経済的・文学的支援者であるH・S・ウィーヴァーには、『フィネガンズ・ウェイク』の構想を考えはじめていた一九二二年一二月に『ケルズの書』を贈ってもいる。「お気に召したと聞いて嬉しいです」[14]と手紙にある。

夫ユージン・ジョラスとともに雑誌「トランジション」を創刊し、「進行中の作品」を掲載したマライア・ジョラスには、作品を理解してもらうために『ケルズの書』を見せた。

ジョイスは最も複雑な図版の一つ、とてもきれいな図版でしたが、それを私に見せ、人物の特徴についてちょっと冗談を言い――例えば鶏小屋から盗みをしてきたばかりという顔をして母親の膝に坐っている三五歳のキリストのことを笑ったのを覚えていますが――、それからたいへん複雑な図版の左手の隅に私の注意を促し、彩飾写本の意匠の美しさを拡大鏡で見せて言いました。「これこそぼくが自分の作品でやっていると感じたいことなんです。作品のどの頁を取りだしても、これがほかならぬこの作品だとわかるようでありたいのです。これと同じように、それとわかるものであってほしいのです。初期の彩飾写本を知っている者なら、『ケルズの書』の彩飾を他と混同することはないでしょう。[15]」

自分の作品をそれになぞらえることができるとまで言う『ケルズの書』を、ジョイスはどのように範としたのだろうか。それを知るとき、ルチアがこの写本を目にしていた可能性がもっと実感されるだろう。

9　ジョイスの作品と『ケルズの書』

『ケルズの書』

『ケルズの書』は、現在ダブリンのトリニティ・コレッジに保管・展示されている福音書の写本である。一七世紀にトリニティ・コレッジに移されるまでは、ダブリン北西の地、ミース県のケルズに伝えられてきた。

制作の経緯は明らかではないらしい。四三〇年頃、聖パトリックが布教に来て以来、アイルランドにキリスト教が広まり、やがて海外に布教に赴く修道士が現われはじめた。その一人、聖コルンバは、六世紀の中頃、スコットランド西海岸のアイオナ島に修道院を建設、以来、アイルランド人がここに住みつき、布教と文化の拠点となり、『ケルズの書』の制作もここで始まった。八〇一年にヴァイキングの侵略を受けると、修道僧たちはアイルランド東部ミース県のケルズに逃れて新たな修道院を建て、ここで『ケルズの書』の制作が続行され、数年の歳月をかけて作られたと考えられている。[1]

縦約三〇センチ、横約二四センチ、羊皮紙三三九葉からなるこの大型写本は、十字架画、対観表（四福音書の共通点・相違点の比較・対照表）、キリスト像、福音書家像、福音書家象徴、装飾文字、説話画等から成り、四種類の画家によって描かれたと推測されている。

螺旋文、渦巻文、巴文、組紐文等の幾何学文様、抽象文様を特徴とする頁、すなわち「八円環十字」の頁や各福音書家の言葉を飾る装飾文字の頁を描いた画家、キリストや四福音書家の肖像を描いた画家、ジョイスが面白がった聖母子像や、キリストの誘惑、逮捕、その処刑を見守る見物人の図などの福音書の物語の場面を描いた説話画家、動物のスケッチを得意とした画家の四つの種類の画家である。[2] もちろん彼らを助ける多くの修道僧たちがいただろう。

ジョイスが創作の範としたというのは、サー・エドワード・サリヴァンの序文によるファクシミリ抄本で、この『ケルズの書』複製版（ステューディオ・プレス）の初版は一九一四年である。ジョイスがトリエステに住んだのは一九〇四年から一九一五年まで、その間一九〇六年七月から翌年の三月まではローマに住み、チューリヒに住んだのは一九一四年から一九年まで（その間多少の出入りがあった）である。ジョイスは「ローマでもチューリヒでもトリエステでも……」と言っているが、少なくとも彼のローマ時代にはステューディオ・プレス版はまだなかった。この写本の自分にとっての貴重さを強調しようとしたための誇張であったか、記憶違いか、修辞的表現であったと考えねばならないだろう。ジョイスがみずから『ケルズの書』になぞらえた『ユリシーズ』の執筆は、トリエステに住んでいた一九一四年に開始され、翌年の六月頃までには第三章まで進んでいた。一九一四年七月、第一次世界大戦が始まり、ジョイス一家はスイスのチューリヒに疎開、戦争終結の翌年一九一九年一〇月にトリエステに一旦戻り、一九二〇年七月、パリに移ってそのままそこに住みついたが、トリエステを離れる頃には第一四挿話「太陽神の牛」の半ばまで進んでいて、残る挿話をパリで書き上げた。したがってジョイスがつねに持ち歩き、始終眺めたという『ケルズの書』は、少なくともある時期までは一九二〇年版ではなく、一九一四年版でなければならない。

『ウェイクに現われた本』の著者ジェイムズ・S・アサトンはジョイスが所有したのは一九二〇年版の『ケルズの書』複製版であると考えている。[3] 一九二二年一二月にH・S・ウィーヴァーに贈ったのはこの新しい版であり、また『フィネガンズ・ウェイク』執筆に用いたのもこの版であったのだろう。とすれば「前書き」が加わったほかは変わりのない「ステューディオ・プレス」の新版を新たに買い足したのだろうか。

しかし、いずれの版であるにせよ、ジョイスはみずから言うとおり、『ケルズの書』を自分の創作に役立てたのであろう。

『ユリシーズ』

『ユリシーズ』は新聞社の広告取りのレオポルド・ブルームを主人公とする。彼は一〇年前に生まれてまもない息子を亡くして以来、妻モリーと夫婦関係をもてなくなっている。作品の時間的背景をなす六月一六日というこの日も、終日、息子への思いが頭をかすめる。一方、詩人志望の青年がいる。彼、スティーヴン・ディーダラスは、文学への野心を抱く『若い芸術家の肖像』の主人公の青臭さを依然としてもつペダンティックで不遜な人物である。しかし臨終の母のために祈らなかったという思いに捕らわれてもいる。この日の終わりに二人が出会うとき、ブルームは相手に亡き息子の姿を見出し、青年は精神的父を相手に認め、こうしてブルームは父性と家庭における男性の役割を回復し、スティーヴンは、文学の新たな方向へ導かれる気配を見せるというのがあらましのストーリーである。

ジョイスは友人の画家フランク・バジェンに、ホメロスの『オデュッセイア』を下敷きとする作品を書いていると言い、彼がオデュッセウスに感じる魅力はその多面性にあると語った。[4]

父であり息子であり夫であり恋人であり友人であり、戦争は好まないが勇士であり、豪放であるが紳士的でもある、そのような人物と『ユリシーズ』のブルームは重ねられていて、彼ブルームはオデュッセウスのような英雄ではなく平凡な一市民であるが、遠い先祖の多面性は小型ながら引き継いでおり、その多面性が彼の動き回る先々——公衆浴場、共同墓地、新聞社、レストラン、図書館、ホテルのバー、病院、売春宿——で読者を様々な人物や状況と引き合わせ、細部は細部を呼び、読者はダブリン小社会の隅々を知ることになる。そこに描かれるのは世界の片隅の社会であると同時に、人類共通の状況を孕んだ社会である。ジョイスが『オデュッセイア』を下敷きにしたのは外形的冒険譚のためだけではない。父殺し、子探し、母子関係、地位簒奪、誘惑、貞節、自分の内および外なる敵との戦い、故郷帰還と、人類普遍のテーマがそこにあるからである。ジョイスはそれを二〇世紀の状況で描いた。

『ユリシーズ』と『ケルズの書』との間には、このあとに見る『フィネガンズ・ウェイク』の場合と違って、明確な部分的対応関係はない。『ユリシーズ』の執筆に際して『ケルズの書』から具体的に何を得たかは実際には推測の域を出ない。しかし両者を照らし合わせ、共通する要素を見てとるとき、ジョイスがいかに念入りにこの写本を眺め、多くの作法上のヒントを得ていたかが分かる。

イ・技法

『ケルズの書』の「フォリオ・三四右」のモノグラム、[5] Chi-Rho（キリストを意味するギリシア語）と呼ばれる頁［図3］は、この写本のなかでもケルト的伝統を最もよく表わしていると言われる。

「マタイ伝」第一章第一八節「イエス・キリストの誕生は、左のごとし（Christi（XPI）autem generatio）」の文字を彩飾したこの頁は、画面いっぱいにXの字が拡がり、その右下にPIの字、Iの下にb（autem の略）、generatio の文字（これらは目立たず）が並んでいる。Xは対象形を崩され、その文字を形成する二つの線（または帯）は、曲線を特徴とするケルト的伝統を表わして大きなS字文二つの組み合わせとなっている。ジョイスの言う「頁いっぱいに拡がる頭文字」である。

「背骨のごときもの」（E・M・フォースター『小説の諸相』）としての『ユリシーズ』のストーリーは、きわめて巨視的に見れば、精神的父と子の出会いとして要約される。『ケルズの書』で言えば「頁いっぱいに拡がる」Xの字が『ユリシーズ』のこの単純化されたストーリーと照応する。『ケルズの書』でも『ユリシーズ』でもこうしてまず作品の骨格が認められる。『ユリシーズ』ではそのストーリーを肉づけする十数時間が一八の挿話によって数百頁をもって描かれている。各挿話は Chi-Rho の頁の、Xの字の周辺に配された比較的大きな菱形や円盤やハート形の文様になぞらえることができる。

Xの字を形成する二つのSの字は、その先端が円をなし、その円のなかにさらに数個の円が描かれ、それら一つ一つが文様で埋められている。二つのSの字は、線ではなく幅をもつ帯であり、その帯は黒、紫、茶の三本の線で輪郭をつけられ、内側は種類の異なるいくつかの組紐文、螺旋文、鍵型文、菱形文、菊花文で埋められている。それらの文様は、一つの挿話を形成する各出来事の象徴であるとも、多様な比喩のイメージであるとも、中心人物たちの動きや会話のざわめきの視覚化であるとも言える。さらにそれらの間隙を埋める文様や形象は副次的な人物たちの会話や動きである。

『ケルズの書』の、曲線を装飾原理とするケルト的伝統どおりの右のXの字をはじめ、異様な非写実的人頭や、太陽を象徴し、光によって巴にも螺旋にもなるという文様や、幾何学的・抽象的文様の多用はきわめてケルト的とされる。目を打つのは文様の豊富さ、微細さ、変幻自在な意匠、色彩の豊潤さである。同じ一つの名称で呼ばれる文様もバリエーションに富み、それらおびただしい幾何学文様に混じって、猫、鼠、ラッコ、蛾などの自然の形体も認められる。

翼を拡げた天使、片側の翼を交差させ、もう一つの翼を拡げた二人組の天使もいる。単純・素朴という美徳があるならば、これはその逆の複雑・精緻のそれである。ＸＰＩの三文字は全体の構図のなかに融け込み、縁取られたそれらの文字の線の内側の意匠は周囲の意匠と同化し、ＸＰＩが文字であることを忘れさせる。しかしそれらは変形されてはいるが、紛れもないＸＰＩであり、全体の意匠は三文字を浮かび上がらせるためにこそある。豊饒な形象と文様の渦のなかにあって、「ＸＰＩ＝キリスト」なる一語に光があてられているのである。

『ケルズの書』において、こうして部分は部分としての美を保ち、かつ全体の調和に寄与しているように、『ユリシーズ』の各挿話、それらを構成する事件・事象は、それぞれ独立した意義やメッセージや気分を伝え、同時に『ユリシーズ』の世界全体の風土を形成し、背骨としてのストーリーを照らしている。ただし、その仕方は、部分が直接または忠実にストーリーに奉仕する伝統的小説とは決定的に異なっている。それは前に述べたポリフォニックな小説に近いところがある。

「頁いっぱいに拡がる頭文字は『ユリシーズ』の一つの章の本質をなす性質をもつ」とジョイスの言う、その「一つの章」の例を第一五挿話「キルケー」に見てもよいだろう。「キルケー」は、『ユリシーズ』のクライマックスをなし、作品の骨格である「出会い」を集約する挿話だからである。

　幻想と現実が交錯し、過去と現在が入り乱れるファンタズマゴリックなこの挿話においても、継起する場面場面はそれぞれの意味合いを帯びて、最後のブルームとスティーヴンの出会いへとつながってゆく。複雑な現実の背後にある単純な意味を見出すことはつねにジョイスの関心事であった。挿話「太陽神の牛」の複雑な技法に触れて、ジョイスは「ぼくの場合、思想はつねに単純なのだ[6]」とも言った。

　モチーフの扱い方にも『ケルズの書』のChi-Rhoの頁と『ユリシーズ』には共通性がある。『ユリシーズ』のオンファロス（臍）、魔除けのジャガイモ、転生、両性具有、鍵、花、サンドイッチ等、それらは時に隠れ、時に現われ、少しずつ発展・変化しながら『ユリシーズ』全編を貫いている。それは、Chi-Rhoの頁で、Xの字のS字状をなす二つの線（帯）の内側にラッパ状の螺旋文のグループ、菊花文のグループ、菱形文のグループ、ハート形の組紐文のグループがあって、それぞれのグループは線内部で断続的に現われ、しかもその反復は機械的でなく、シンメトリーを崩す仕方によっており、その上グループ内の文様はその形状を微妙に変化させるのと同じである。

ロ・エピファニー

『ケルズの書』の装飾は複雑・微細で、その微細さは「当時の人々の視覚能力が私たちのそれと違ったものであったのではないかと想像させる」[7]ほどのもので、顕微鏡的世界の細やかさだと言うこともできる。ジョイスがマライア・ジョラスに拡大鏡で見せたというのは、あながちジョイスが目が悪かったためだけではない。

ＸＰＩの三文字を取り巻いて無数の幾何学文様の群があるが、部分に目を凝らすと、思いがけない図が浮かび上がる。全体の絵の縁をスペード形の文様が間隔をおいて飾っているが、そのなかから不意に人の顔が現われる。複雑にからまる組紐文はよく見ると、先端が蛇の首をなし、時には胎児を思わせる異様な人間の形となる。ひしめく巴文の間には二匹の蛾が向き合って隠れている。さらに、拡大鏡で丹念にのぞき込むとき、ようやく気のつく図もある。画面左下の聖餅をかじる鼠を見守る猫、その右手に魚をくわえるラッコの図などがそれである。前者の猫と鼠の図では、二匹の二十日鼠が聖餅を奪うようにかじり、それを取り巻くようにして一匹の三毛猫と二匹の斑猫が見守り、それぞれの猫の背に別の二十日鼠がのっている。この図にしても魚をくわえたラッコの図にしても、幾何学文様、抽象文様のなかにはまり込んだ、ここは他と別種の空間である。

このような図がなぜChi-Rhoの頁に入り込んだのか。この頁は、肖像画や説話画とは異なる、非写実性を特徴とする頁である。大きく見れば全体の調和をほとんど乱すことのない小さな空間に、作者はいたずらを試みたのであろうか。その意図は分からないが、その持ちうる意味は興味深い。

この頁はＸＰＩ、すなわちキリストを表わす文字を飾った頁であり、ここには限りないキリスト崇拝があるわけだが、しかしキリストを単に美化し神聖視するに終わらず、キリストの肉である聖餅を食い荒らす現実を見ている目が同時にある。ただしその目は皮肉でも冷笑的でもない。キリスト賛仰は硬直的でなく、きわめておおらかなのである。この図を瀆神的行為の象徴と解釈できなくもないが、暖かな雰囲気があり、むしろ寛容でコミカルな精神で描かれていると言うべきだろう。しかし現実の一つの相を見せてくれるには違いない。

ここでジョイスのエピファニー論が思い出される。ジョイスは『スティーヴン・ヒアロー』の主人公スティーヴンをとおして、エピファニーを「通俗な会話や身ぶり、また精神それ自体の忘れがたい一局面において、突然ある霊的な顕現が起こること」（*SH* p.211）と定義した。言い換えればそれは、一見些細で無意味と思われるものの背後から現実の本質や真実が突然顕われ出ることを意味する。そうした瞬間はだれにでも開かれているわけでない。人々が見逃してしまいがちなものの陰に真実は潜み、直観し感得する目を待っている。夢はとりわけ重要なエピファニーをなす。夢はしばしば人間の隠れた意識や願望を露わにするからである。

ジョイスはそうした瞬間を「エピファニー集」として書き集めた。それには二七のエピファニーが収められているが、ジョイスの作品は無数のエピファニック・モメントを含み、それらを部分の核として成り立っている。『ユリシーズ』の挿話「キルケー」はエピファニーの連続でもある。夢がエピファニックならば、夢と同じように自己抑制しようとする意志から解放された無意識の生み出す幻覚は、同じくエピファニックであり、この挿話は幻覚によって支配されているからである。「キルケー」から一つの場面を挙げてみよう。

痩せおとろえ硬直したスティーヴンの母親が床を突き抜いて立つ。斑紋の浮き出た灰いろ衣装、しおれたオレンジの花束を手に、破れた花嫁のヴェールをかぶり、顔はやつれ、鼻はもげ落ち、墓の黴《かび》で緑いろ。まばらな艶のない髪を長く垂らしている。青い隈のある空ろな眼窩でスティーヴンをひたとみつめ、歯のない口を開き、無言の言葉をかける。(*U* p.473)

宗教を捨て、臨終の母のために祈ることも拒否したスティーヴンの、自分では無視していたはずの心のうずきが見させる幻覚である。

ブルームもまた「キルケー」の夜の売春宿で幻覚というかたちのエピファニーを体験する。疑心、屈辱感、様々な罪意識、それら、みずから認めたくなく逃避したいという願望がもたらすエピファニーである。挿話「キルケー」はエピファニーに満ちているが、そのような隠された真実が顕われかつ感得される瞬間は多くはない。それはひしめく文様のなかにはまりこんだ『ケルズの書』の猫と鼠のように、現実の網目模様に埋もれて、人の目を逃れてしまう。

ハ・動物世界

『ケルズの書』の世界はデフォルメされ、抽象化された動物たちの世界でもある。あらゆる頁に動物が顔を出す。一見幾何学文様によってのみ成り立つと見える「八円環十字」のいわゆるカーペット・ページですら、よく見れば組紐をなすリボンの先端は蛇か鳥の首である。その他、ライオン、鷲、牛、魚、犬、ラッコ、孔雀、竜、それに鶏、猫、鼠などの身近な動物もいる。

これらの動物は何らかの意味を与えられているのだろうか。純粋に装飾的な役割しか持たないと思われる幾何学文様も、巴文や螺旋文は太陽を象徴し、組紐文は水の流れを、鋳型文は火を象徴するといい、こうして宇宙が現出している。

中でも最も役割の明白なのは福音書家の象徴としての動物である。ライオンはキリストの威厳を記述する聖マルコの象徴、牡牛は犠牲者としてのキリストを記述する聖ルカの象徴、鷲は天へと飛翔する聖ヨハネの象徴である。もう一人の福音書家、聖マタイはキリストの人としての側面を強調したことにより、人または天使によって象徴される。

『ケルズの書』で最も目立つと言える動物は蛇で、そのほとんどが螺旋文や組紐文を作り、体全体が用いられなければ、首だけが文様の末端を形成している。体をくねらせ、絡み合い、蝟集する蛇は何を意味するか。サリヴァンはこれをキリスト教布教以前にあった蛇信仰の名残であるとも、初期キリスト教会が布教の手段として取り入れた異教的要素の痕跡であるとも考えられるとしている。蛇を大地の象徴、生殖、豊饒の象徴とする見方もある。

古代社会において造形行為は祈りや願いの表明であり、例えば腕輪や武具の装飾はそれを用いる者を守護する意味をもっていたといい、装飾が美のための行為となるのは中世以後のことだという。[8]『ケルズの書』の動物も後世の人間のうかがい知れない象徴性や意味を与えられていたものと推測される。

『ユリシーズ』にも多くの動物が登場するが、彼らは象徴として、また比喩として、小さからぬ役割を与えられている。特に挿話「キルケー」はジョイスみずから「アニマル・エピソード[9]」と称する章である。

幻覚の支配する夜の街でブルームが見るものは、動物の姿と特徴をもつ人間や、動物自身の跳梁・徘徊である。ホメロスの『オデュッセイア』の第一〇書を下敷きにしたこの挿話では、オデュッセウスの部下が魔女キルケーによって豚に変えられたように、ブルームが売春宿の女将ベラ・コーエンによって四つ足の動物に変えられる。

動物に因む表現は実際この挿話には多い。はげ鷹の爪でブルームの顔に触れる亡父ルドルフ、鳥の首領となって現われる亡祖父ヴィラグ、ヴィラグは時にはオウムのくちばしをし、時にはさそりの舌を出し、ヒヒの叫び声をあげる。鳥の顔、狐のひげをした男、セイウチのように鼻から煙を出す娼婦ゾウイ、海鳥の声で叫ぶ海神マナーナン・マックリール、ガチョウのように肥った娼婦フロリー、売春宿の女将は牝豚の陰部と鶏冠をもつ子羊を装う。

幻覚と現実の錯綜のなかで、ブルームやスティーヴンの意識が覚醒の状態に近いときは、動物の比喩は明喩（すなわち、のような、のように）のかたちをとり、覚醒と幻想の狭間では、彼らの目に周囲の人間は肉体の一部が動物となった存在として映じ、完全な幻覚状態では人間が動物と化すか、動物が人間のように意志と言葉をもつ存在になる。もちろん意識の境界は定かでないが。

寝取られ男の自覚に悩むブルームの見る一連の幻覚がある。妻モリーの浮気の相手のボイランに出くわしたとき、彼の頭には角が生える。コキュの角である。ボイランがそこに帽子を投げかける。彼がのぞき込む鏡にはシェイクスピアの顔が現われ、イヤーゴウゴウと去勢雄鶏の声で鳴く。妻が部下のイアゴーと不義を犯したと誤解したオセローは彼女を殺すが、その芝居を書いたシェイクスピア自身、去勢雄鶏の寝取られ男であったことを仄めかしている。その顔を鏡に映った自分の顔と見るのはブルームのコキュ意識の投影である。

男の威信、自尊心、果敢さ、あるいは優しさ、理性、それらの何かが失われて精神や感情のバランスが崩れ、獰猛さやずるさや卑屈さや野蛮さや虚栄心や貪欲が支配的となるとき、人は動物にたとえられる存在になる。「人は多面的人間的全体性を失うとき、動物となる」、「動物とは一面的であること[10]」とバジェンは言う。

『ケルズの書』にわれわれは怪異な動物や人間を見出す。「ルカ伝」三章のキリストの系図を描いた頁（フォリオ・二〇〇右）の縦につながった一二個のQは、首は犬で胴体は蛇のような動物と、首の長い鳥らしい動物がからみ合って成り立っている。上端のQの右上に人頭があり、その首が伸びて胴体が蛇となり、脚に変化している。人間存在の怪異さを視覚化すれば『ケルズの書』の図となろう。そこに描かれる動物たちはコミカルではあるが、同時に、動物の属性を併せ持つおぞましくグロテスクな人間存在を連想させる。『ユリシーズ』、特に挿話「キルケー」はそのような存在の跋扈する世界である。

『ユリシーズ』と『ケルズの書』のあいだには、明確な部分的対応関係はないが、このように技法やイメージに共通するところが多い。特に先に述べたこの写本の Chi-Rho（XPI）の頁（フォリオ・三四右）は、意匠の複雑さ、精緻さにおいて見飽きることがなく、それだけのためにもジョイスがこれを座右に置いたとしても不思議ではないが、二つをつき合わせてみるとき、彼がこの写本を何時間も見て、創作のヒントやインスピレーションを得たということの意味が実感できる。別の言い方をすれば、『ケルズの書』を丹念に見ていると、以前には気のつかなかった『ユリシーズ』の何かが見えてくることがある。このことはジョイスが『ケルズの書』から何を得ていたかを語るものだろう。[11]

『フィネガンズ・ウェイク』

イ・サリヴァンのパロディ

『ケルズの書』と『フィネガンズ・ウェイク』の関係は、少なくとも表面的には『ユリシーズ』よりももっと密着している。「手紙」をモチーフとする第一部第五章が、『ケルズの書』のパロディとなっており、部分部分で緊密に対応しているのである。「手紙」はゴミの山から掘り出されるが損傷がひどく、判読困難で、それを「教授」が分析するという趣向である。

サリヴァンの序文によると、『ケルズの書』は一〇〇六年に盗難に遭い、数カ月後に土中から発見された[12]。

『フィネガンズ・ウェイク』では鶏が手紙を見つける。

真冬が始まりかけ（早い時期か霜の頃？）、春四月が約束されようとしている頃、折しもウィッカーブリッジ教会の鐘が人生の懐かしき時歌を歌ったとき、薄着に震える坊主、青二才の中でもとりわけ若いのが、あの運命のゴミ山、言い換えればがらくた製造所、言い換えれば滑稽底の堆肥場（要するに糞山）、のちにオレンジ畠となる場所で、一羽の鶏が寒そうに不思議な行動をしているのを見た。鶏が掘り崩していくうちに、思いがけなくもバス運転手の休日の日、自然にできたオレンジの皮の切れ端が泥とともに跳ね上がった。（*FW* pp.110-111）

「オレンジの皮」とともに鶏がつつき出したのが手紙である。

『フィネガンズ・ウェイク』の執筆開始は一九二三年、この時はサリヴァン解説の『ケルズの書』第二版はすでに出ていて、ジョイスが前年二二年のクリスマスに、彼の文学的・経済的パトロンのH・S・ウィーヴァーに贈り、夫とともに雑誌「トランジション」を編集したマライア・ジョラスに勧めたのはこの版であっただろう。

前書きを除き、四八頁に及ぶサリヴァンの序文は、過去の学者の研究の紹介にかなりのスペースを取り、それらを踏まえて自身の見解を示し、『ケルズの書』の成立、歴史的背景、各フォリオ（頁）の特徴等を網羅的に解説している。

サリヴァンによれば、発見された『ケルズの書』は「摩耗により判読不能[13]」の部分が多い。『フィネガンズ・ウェイク』の「手紙」も「判読不能（illegible）」（*FW* p.119）で、「最初に処理すべき陰画がオレンジの匂いのする泥山の真ん中に置かれて暖まったために一部消失」（*FW* p.112）している。

以下、サリヴァンの序文の文章がさまざまにもじられる。その序文は次のように始まっている。

その不思議な冒しがたい美しさ。控えめな、金を用いない色づかい。大胆な当惑を覚えるほど複雑な意匠。くっきりとしてたじろぐことのない丸い螺旋の線の動き。装飾の迷路の中を芸術的に豊かにくねってゆく蛇の描く波状の起伏。力強くて読みやすいテクストの小さな文字。強烈な人物描写の面白さ。制作に注がれる飽くことのない畏敬の念と忍耐強い作業。これらすべてが一つになって『ケルズの書』を作り上げ、この古いアイルランドの本を世界の彩飾写本における永遠の傑出した地位に高めた。(Sullivan, p.1)

『フィネガンズ・ウェイク』の掘り出された手紙の文字の描写・分析が『ケルズの書』を暗示しながら展開されるが、右のサリヴァンの序文冒頭は次のようにもじられる。

……精査する者は驚嘆する。あの怒れる鞭紐の輪。用心深く閂《かんぬき》をかけるかして戸締まりをした円環。不完全な足跡または放棄した最後についてのいじらしい追想。今では判読不能となった（ああ！）軽やかなペンの飛翔に先導され、イアウィッカーの頭字大文字の両サイドをすべてティベリウス式に飾る丸い千の渦巻く光輪。(*FW* p.119)

サリヴァンによると、本来の『ケルズの書』は現存のものよりさらに二九枚多くのフォリオから成っていた。中でも消失が惜しまれるのは奥付を含む頁であるとサリヴァンは言う。「それがあれば、作品完成の時期や、この比類なく見事な彩飾文字を思いつき、制作した芸術家の名前が分かったと思われる」(Sullivan, p.23)。次の『フィネガンズ・ウェイク』の文はこれと照応する。

われらの写本家が少なくとも抑制の美を把握したと思われる唯一無二の時である日付からの、年と時代名の入念な削除。(*FW* p.121)

サリヴァンの説明によれば、『ケルズの書』に写本として誤りがなくはない。「フォリオ・二一九右」もその一つで、この頁はその前の頁「フォリオ・二一八左」と同じ内容を反復しており、その間違いについて、写本家は四箇所に赤の参照記号オベルス(†)を用いて注意を喚起しているという。その「赤の四つのオベルスによってこれらの間違いに注目させられる」(Sullivan, p.24)は、『フィネガンズ・ウェイク』では次の文となる。

間違いや省略や反復や列からのはみ出しに不必要に注目させる、テクストにまき散らされたカイエンヌペッパー様の赤い粉のオベルス。(*FW* p.121)

カイエンヌペッパーとは赤唐辛子の実を乾燥させた香辛料のことであり、オベルスは一般に古い写本で疑問の語句につけられた印である。「不必要に」とは、だれも気にしない間違いをあえて指摘することもなかろうに、といった揶揄と解釈できる。

サリヴァンは『ケルズの書』の句読点の使用を次のように解説する。引用がやや長くなるが、『ケルズの書』の句読点の使い方自体興味深いので、引いてみたい。

……『ケルズの書』には、完全に完結している二つないし三つのセンテンスを含みながら、まったく句読点なしにつながってゆく行が何行もある。ピリオドまたはフル・ストップの表わし方はいろいろある。（一）三つのドットによる場合（∴）、（二）文字の半分の高さのドット一つによる場合、（三）完全に句読点を省き、次の文章を際立つ彩飾頭字で始める場合。ケルズのテクストではこの最後がごく一般的なので、このように反復される美しい頭字によってセンテンスの始まりが明らかすぎるほどなのに、なぜフル・ストップが導入されねばならないのかと、人は疑問に思うだろう。時には頭字のその大きさ自体がストップの意味を読者に示すこともある。例えば、半分の高さの頭字のあとに小さい頭字が来る場合、それはコンマの性質をもったものであることが読者に分かる。話し言葉の始まりを表わすために、今日では、通常、コロンを用いるが、それと同じように半分の高さのドットが用いられる。

私の知る限り、古文書学者はこれまで、『ケルズの書』に見られる句読点と関係のあるもう一つの事実を無視してきた。すなわち、『ケルズの書』の句読点を形成するドットはほとんど常に四角か四辺形で、丸いものはないのである。(Sullivan, pp.35-36)

『フィネガンズ・ウェイク』は右を受けて次のように書く。

原記録文書はいわゆるハンノ・オ・ノンハンノの解読不能の原稿の中にあった。言い換えると、いかなる種類の句読の印も見られなかったということである。しかし、火をつけた灯心草の前に左のページを掲げてみると、この新版モーセ本は世界最古の光に関する沈黙の疑問に見事に答える。右のページはたくさんの突き傷と叉状道具でできた葉状裂け目に貫かれているが、句読的には違う(大学的な語の意味において)という興味深い事実を顕わし出した。四つのタイプのこれらの紙の傷は、それぞれ、ストップ、お願いストップ、お願いだからストップ、本当にお願いだからストップ、を意味するものと次第に正しく理解されるようになり、唯一の真の手がかりを追ってみると、誠実な人々の収容施設の湾曲した壁は、壊れ、たガ、ラスと割、れた、陶、器の数片によってアクセントをつけられており――警視庁の調査が指摘するところによれば↓それらの傷は朝――食の――テーブルで、謹厳な教授《プロフェッサー》の、∧フォークによって「誘発された」、言い換えると.iのスペースにアナ(ママ)を開けること！　によって時間の観念を［平面上（?）ひょ□めんに］導入すべく＝鋭く職業的に**刺**したものだということであった。……（略）……それに既婚女性向けの平明な英語は途中で多くの者を惑わせたが、原稿が鮮明で用語が簡潔であるところではきまって四つ葉のシャムロックか四葉のジャブがより多く頻発する……。（*FW* pp.123–124）

引用文最後の「四つ葉のシャムロックか四葉のジャブ」は、サリヴァンの「ドットはほとんど常に四角か四辺形で……」に対応する。ジョイスがサリヴァンを入念に読み込み、細部にも注意を働かせ、『ケルズの書』の複雑な句読点の使用を皮肉りながら、ユーモラスにもじりを加えていることが分かる。

ロ・写本の図のパロディ

しかし第一部第五章「手紙」の章は、サリヴァンの序文のパロディだけではない。ジョイスは写本の図それ自体を熟視し、そのパロディを書いている。

キリスト教は聖パトリックによってアイルランドにもたらされたと言われ、この聖パトリックがアイルランドから蛇を追い払ったとも言われる。先に触れたとおり、その蛇が『ケルズの書』に無数に現われていることにサリヴァンは言及しているが、その記述全体を見てみると次のようである。

この写本の装飾全体に蛇が頻繁に現われるが、そのために爬虫類崇拝と関係があったのではないかと考えられてきた。確かに、そう広範囲ではないにしても、キリスト教導入以前にこの地に移り住んだ移民のあいだに蛇崇拝があったという証拠があり、聖パトリックが追い払ったのもこの蛇であったという可能性さえある。装飾の目的のために教会が蛇を採用したとすれば、それはごく初期のキリスト教会の慣習の別の例であったと考えられる。この頃多くの異教的要素がキリスト教の宣教のために取り込まれたとしても当然で、その後永久にキリスト教信仰のなかに入り込んだのである。聖ジェローム も聖アウグスティヌスも、異教からの改宗者を扱うときの便法という理由で、このようなやり方を強く支持した。(Sullivan, p.42)

キリスト教の写本における蛇の存在についてのサリヴァンの説明はそれなりに興味深いが、ジョイスは蛇については次のように書くだけである。それは写本の図のパロディではあるが、むしろその印象に対する厳密な言語表現である。

われわれの聖典から完全に追放されていたあの珍しい異国の蛇、木馬にまたがる右利き頭の色白の淑女と同じに風変わりなまだら翼のその濡れた手。それはますます長くますます不機嫌な無敵の傲慢さを見せて、書き手の手の圧力のもとにわれわれの目の前で螺旋状にとぐろをほどき、トカゲのような物憂さで膨れるように見える。（*FW* p.121）

写本自体を注視することによって可能な表現であろう。

ゴミの山から発見された「手紙」の個々の文字の特徴を、ジョイスはサリヴァンの文章のパロディとしてだけでなく、自身が『ケルズの書』の図を「精査」（*FW* p.119）した上で、揶揄、皮肉、パロディ、比喩として言い表わしている。

……斜めに帽子をかぶったPの字がしばしば口に尻尾をくわえたQの字だと解釈されたり、尻尾を口にくわえて吐く息ピューだとしばしば解釈される、したがってプリストファー・ポロンブスであったり、カット・クレスビテリアンであったりする、こうしたまあ許せる混同。（*FW* pp.119–120）

『ケルズの書』の「系図」はQui fuit……（「……の息子であるところの」の意）が縦に並ぶ頁で

ある。その頭字のQは得体の知れない動物によって象られて縦につながっているが、その頭字Qは P の字を反転させたようにも見える。

「手紙」に書かれた文字の説明が続く。以下、個々の文がどのように『ケルズの書』のパロディになっているかを示したい。

前者が『ケルズの書』に現われる特徴・事象、↓印以下が『フィネガンズ・ウェイク』の文章である。

いわゆる Chi-Rho の頁（「フォリオ・三四右）［図3］で、キリストを表わすXPIのIの字はPを縦に貫くように描かれている。

↓突如癇癪を起こしてなぐり書きされた中央の大文字I。（*FW* p.120）

「フォリオ・三四右」［図3］の最下部に、聖餅を引っ張り合う二匹の鼠がいる。

↓色つきリボンの巣に隠れる野鼠…。（*FW* p.120）

牡牛は聖ルカの象徴であるが、「福音書家の象徴」（フォリオ・二七左）の牡牛の足はそのひづめの部分がbまたはBの字のように見える。

↓沈黙の庶民がわれらとともに演じる黙劇よりももっと地味な黙劇で、穏やかな紳士に生まれることがどんなに困難かを表明する、あのばかばかしい牡牛の足のbの字。（*FW* p.120）

『ケルズの書』には細部を飾るウジ虫のような小さな動物文様が無数に存在する。

↓より一般的に容認されている陛下《マジェスティ》に相当する、些末に過ぎないが静かに人を楽しませるあの（おそらく地域的または個人的な）異形のウジ虫《マガー》。（*FW* p.120）

『ケルズの書』の螺旋文様や組紐文様は限りなくつながるeまたはEの字に近い。

↓鷹によってアテネに呼び戻された病むフクロウのように時代遅れにあちこちに無様に止まり、曲折アクセント《シルコンフレックス》記号のように横柄な顔をして交差するギリシア文字E。（*FW* p.120）

fretful とは「いらいらする」の意の形容詞であるが、fret には「雷文」の意味がある。雷文は『ケルズの書』に多い文様である。

↓高級娼婦の流行らない言い損じからこぼれ落ちる以外にはめったに耳にしない、生まれながらの蛮族の進退窮まれるあのいらいら《フレットフル》じりじりのF、（つねに二つの肉太活字で——その一つはクラウディウス兄弟と同じくらい頑迷、わざわざ言う価値があるだろうか——文書全体で再校ゲラの印として用いられるF）、このFはページ全体を勿体ぶって歩き、言葉の草むらの間でひょろ長い姿を見せ、アイデアを扇情的に求める逆さFを思い、菱形模様の窓の縁にしょげた様子で立ち、月桂樹の胸着の裾の垂れを股飾りのまわりでばたつかせ、しかめっ面で歩き、ひょこひょこ動き、あちらこちらで辞句を投げ、靴紐を引きずり、引っ込み思案になって引き返し、言いよどんで逆さFを仄めかす。（*FW* pp.120–121）

『ケルズの書』の得体の知れない動物のなかには、『フィネガンズ・ウェイク』で次のように表現されるものがいる。「フォリオ・三四右」［図3］（Chi-Rho の頁）の下の部分、聖餅をかじる鼠を見守る猫の右寄りには、魚をくわえたラッコかカワウソと思われる動物がいる。

→時には棕櫚の尻尾をつけたカワウソ。（*FW* p.121）

アイルランド語がローマ字で書かれるときは、気音発声を表わすために文字の上につけられるドットが除かれ、hがつけられたという。

→あのお高く止まったドット代わりの歪んだh、…。（*FW* p.121）

以上は照応関係が認められる例である。

そうではないが、いかにも『ケルズの書』の文字や意匠の特徴を表現しているかに思える文章も少なくない。

最初はイエズス会的陰険さで形成され、のちには西方向に爪先を向けてローマカトリック流に平身低頭するＧＧ。（*FW* p.120）

ラクダにｉの字の目を通り抜けさせようとする絶えざる努力で露呈される頑固さ。（*FW* p.120）

過去における独特の痛点へのこのまったく予期せざる左曲がりの回帰。断固たる決意を表わして坐り、最も自然な自然をわれわれに否応なしに思い出させるあの玉座開放のＷ……。（*FW* p.120）

これは文句なしに最高に希少、われわれがかき分けて進む規則無視の道路横断者の大方の目《アイ》同様にふざけていて、最初も真ん中も最後もつながりがなく、いつもジャム・サヒブみたいにふらふらびくびく、蟯虫みたいに種なし。率直だが気まぐれなあの下線たちの無邪気な自己顕示欲。（*FW* pp.121‒122）

ポダトゥス音型のように妖術めいた自家音響製造器アア・ハや、慌て遁走曲の十のカノン

のように騒々しい驚愕装置オオ・ホを彫る際に描かれる見苦しい音楽家不在。（*FW* p.121）

右は『フィネガンズ・ウェイク』の原書一一九頁から一二一頁までの、『ケルズの書』を意識して書かれたと考えられる文の例であるが、これに続く頁ではもっとはっきりと、『ケルズの書』という名前自体が挙げられ、その特定のフォリオ（ページ）の内容が言及されている。

ハ・「トゥンク・ページ」

『フィネガンズ・ウェイク』原書一二二頁に、『ケルズの書』という名前と、その「フォリオ・一二四右」を指す「トゥンク・ページ」という名前が、『フィネガンズ・ウェイク』には多い語形変化を何ら伴わずそのままの形で現われる。

……これが『ケルズの書』の難解な「トゥンク・ページ」に影響を与えたことは明らかである。（*FW* p.122）

「これ」とは雌鶏がゴミの山からつつき出した「手紙」のことである。

「手紙」が「トゥンク・ページ」に影響を与えた、つまりは『フィネガンズ・ウェイク』が

『ケルズの書』に影響を与えたと言っているのである。もちろんありえない冗談である。ジョイスは、創作技法の上で自分がこの写本に多くを負っていることを、せめてこのようなかたちで表現したとでも解したくなる。

「トゥンク・ページ」とは、「マタイ伝」二七章三八の「その時、キリストとともに三人の盗賊が処刑された（TUNC CRUCIFIXERANT XPI CUM EO DUOS LATRONES）」を表わした磔刑《たっけい》の図の頁である。トゥンク tunc はラテン語で「その時」の意味をもつ。

Tunc のTの字が真っ赤な長い舌をもつ怪物の体として表現されている。頁の右側の縁に二つのボックス、左側の縁に一つのボックスが描かれ、その中にそれぞれ五人の男の横顔が描かれている。みな同じ方向を向いており、処刑を見守っていると考えられる。

右の引用文を含む次の文は、『フィネガンズ・ウェイク』が『ケルズの書』を意識して書かれていることを最もあからさまに表わしている箇所である。

……これが『ケルズの書』の難解な「トゥンク・ページ」に影響を与えたことは明らかである（それから見落としてならないのは、十字薔薇志願者から成る正確に三つの小隊がコラムキラーの縁《へり》のパネルで出番を待っていることで、彼らは三つの投票箱の中で窒息状態でい

て、それから切り離されて審査委員会にかけられる。……）。（*FW* p.122）

「コラムキラー」とは「聖コルンバ」を意味するアイルランド語「コルム・キル Colum Cille」のもじりである。スコットランドの小島アイオナに聖コルンバが建設した修道院で修道僧たちの制作した福音書の写本の一つが『ケルズの書』で、『コルンバの書』とも『コルム・キルの書』とも呼ばれている。「コラムキラー Columkiller」（*FW* p.122.）は、「聖コルンバ」のもじりであると同時に『ケルズの書』のもじりである。colum は鳩[14]の意味をもち、Columkiller は「ハト殺し」の意味でもある。ハトはキリスト教では聖霊の、一般的には「平和」の象徴である。ジョイスらしい揶揄か。

「トゥンク・ページ」の三つのボックスの人物は「十字薔薇」の志願者だという。「薔薇十字会」は、ドイツ人貴族クリスチャン・ローゼンクロイツ（薔薇十字の意）を始祖として一七世紀に始まった、魔術や錬金術によって世を救うことを目的とした集団のことである。

サリヴァンによる「トゥンク・ページ」の解説は、この写本と「ウルガタ聖書[15]」の言語表現の相違を指摘し、Tunc のTの字を形成する動物は聖マルコの象徴のライオンであると考えられるとしているが、それ以上のコメントはない。ジョイスは『ケルズの書』のフォリオ（頁）

自体を「精査」し、そこに彼自身の創造力を働かせてイメージを繰り出しているのである。

二・ウロボロス

右のように『ケルズの書』に密着して造型されているというのではないが、ジョイス作品とこの写本のあいだには別のたぐいの類似も見られる。

『ケルズの書』の螺旋文や組紐文は、ただの紐やリボンでなく、蛇や長く伸びた鳥の首であったり、先端が何らかの動物の首であったりすることが多いが、なおも観察すると、それらの動物が他の動物に嚙みついていることが多い。二つの個体同士のこともあれば、一つが他を、他が別の他をということもある。こうした図は、「対観表」（フォリオ・五右）のティンパヌム内部や「八円環十字」（フォリオ・三三右）の図やChi-Rhoの頁、そのほか組紐文様が用いられているほとんどすべての頁に見られる。

組紐文様に限らない。動物によって描き出される装飾文字にしばしば体に嚙みつく図が見られる。ヨハネ伝冒頭の言葉を彩飾した「フォリオ・二九二右」のprincipioのrinは四匹の蛇によって象られているが、互いに他方の肩に食らいついている。

「食うか食われるか」は『ユリシーズ』のブルームが立ち至っている精神の状況であった。妻モリーと伊達男ボイランが、その日の午後、密会するはずだという思いに彼は取りつかれている。町を行く彼の目にボイランの姿が留まる。その視線に射すくめられ、丸吞みされそうで、彼は思わず物陰に隠れる。ブルームを吞み込もうとするのはボイランだけではない。ユダヤ人であるブルームはダブリン社会にとけ込めないでいるが、そうでなくとも現代社会は食肉巨人のごとく脅威的である。「食うか、食われるか。殺せ！　殺せ！」（*U* p.139）とブルームは自分に声をかける。ブルームがそのように自分を励ましているのは、ギリシア神話の人食い族の話を下敷きにした第八挿話「ライストリュゴネス族」のなかである。

「食うか、食われるか」どころか「食われ」そうだと感じているのは、『フィネガンズ・ウェイク』の主人公H・C・イアウィッカーである。公園で罪を犯したと噂を立てられ、そのことをバラッドに作られた彼は、人びとに白い眼で見られている（と思っている）。それは被迫害者意識となり、様々な妄想が彼を襲う。

『ケルズの書』の互いに食らいつく動物の文様は、ブルームやH・C・Eや、そして現代人の姿の象徴とみなせるが、『ケルズの書』には、相手に食らいつく動物のほかに自分の体に嚙みつく動物の図がある。カーペット・ページと称される「八円環十字」（フォリオ・三三右）の八つの円環は主として巴文と円盤文によって埋められ、そのまわりの六つの空間はほぼ螺旋文に占められている。鳥の首と蛇の胴体によって成る動物と、竜の首と蛇の胴体によって成る動物とがそれぞれ渦を巻き、互いにもつれ合って螺旋文様を作っており、一つ一つは螺旋を描いてゆきながら、いつか自分の体に食いついている。「聖マタイ福音書の冒頭の語」（フォリオ・二九右）の Liber の r は蛇らしい動物によって描かれているが、これも自身の胴体に嚙みついている［カバーの図を参照］。「聖ヨハネの福音書に対する議論の部分」（フォリオ・一九左）の装飾文字にも、自分の胴体に嚙みつく蛇様の動物を見ることができる。

ブルームにしてもH・C・イアウィッカーにしても、他に食らわれそうだという怯えの感情は、ついには自己嗜虐的感情に至るが、みずからの体に嚙みつく動物はそのような心情の象徴として読める。

自分の体に食らいつく動物の図の代表的なものはウロボロスである。自身の尻尾をくわえて円環をなす蛇または竜の図である。一般に死と再生、不老不死、完全性の象徴とされているが、そのような伝統的意味づけを離れれば、これは自己嗜虐の巧みな形象化に見えてくる。

最初と最後の淫らな合体。（*FW* p.121）

『フィネガンズ・ウェイク』の「手紙」の章に現われるこの語句は、ただちにウロボロスの形を思い浮かべさせる。これが自己嗜虐と結びつくとすれば、「淫らな」とあえて訳すこのlubricitousというジョイスの造語には、自身の肉体を痛めて得られる自己満足、マゾヒズムのいかがわしさが暗示されているかもしれない。

厳密な意味でのウロボロス的円環は『ケルズの書』のなかに簡単には見つからない。ひしめき合う細微の文様のなかに隠れているのだとすれば見つけることは容易ではない。しかし、『ケルズの書』を眺めていると、みずからを噛む動物の図がおのずからウロボロスと重なってくる。ジョイスが「最初と最後の淫らな合体」と書いたときもそのようではなかっただろうか。もしその時、ジョイスが一方で「死と再生」の象徴としてのウロボロスを思い浮かべていたとすれば、それはこのテーマを扱う『フィネガンズ・ウェイク』の象徴としてもふさわしいわけである。

ホ・ウェイク語

『フィネガンズ・ウェイク』の最大の特徴はその言語にある。英語を基本にしながら、数十の民族語、国語、人工語の単語を切断し、その断片、多くはそれらの音節《シラブル》を合成・溶接した創造言語であり、その意味は重層的である。「ウェイク語」と称されるこの言語は通常のそれからは遠い。

『ケルズの書』にはリアリティからほど遠い奇怪な図がおびただしく存在する。それは人間についても動物についても言える。

「聖母子」の頁の聖母の両足はともに左、キリストの両足もともに左で、その嬰児キリストの顔は、ジョイスがおかしがったとマライア・ジョラスの言う、老人の顔である。ルカかマルコかいずれかの肖像であるとされる人物（フォリオ・三二左）の両耳はこうべの高さにある。

動物たちも自然の形態からは遠い。長い胴体をもつ蛇らしき動物の顔は鳥のようで、その胴体は何重にも螺旋を描き、先端には二つの足が並んでいる。頭が鷲、胴体が蛇の動物もいる。顔は犬、その犬の首が長く伸びてゆるやかな曲線を描いて胴体となり、果ては渦巻文に吸収されて足の部分のない図となる。前述の「系図」を記す頁のQを象る、鳥ともけものともつかぬ大きな目をした顔、首と胴体が一つになった長い体の動物等。対観表（フォリオ・五右）では、ヨハネの象徴である鷲の胴体から人間の手が出て、本を差し出している。これらの奇妙な動物は、別種の動物の部分が合体していることが多い。

『フィネガンズ・ウェイク』の言語はあたかも『ケルズの書』のこれらの動物の図のようである。前項で、厳密な意味でのウロボロス的円環は『ケルズの書』のなかに簡単には見つからないと書いたが、この写本の文様が異種間の合体であることが多く、それらがひしめく文様の渦のなかに隠れてしまうからである。『フィネガンズ・ウェイク』の言語も同様である。

雑然とした織物の迷路の中にずる賢く隠れる言葉。（*FW* p.120）

『フィネガンズ・ウェイク』の右の引用文は、『ケルズの書』についても、「手紙」の章についても、また『フィネガンズ・ウェイク』全体についても言えることである。

そのような言語によって繰り出される『フィネガンズ・ウェイク』の文章はしばしば読み手の理解を拒絶し、あえて日常言語に置き換えても意味をなさないことが多い。『フィネガンズ・ウェイク』の難解さはこの言語にある。その言語によって描き出される世界は奇想に富み、非日常的なイメージに溢れる。それは得体の知れない動物がうごめく『ケルズの書』の世界に似ている。

＊

『「フィネガンズ・ウェイク」の鍵』の著者キャンベルとロビンソンは、「『フィネガンズ・ウェイク』の四頁半（pp.119–23）はエドワード・サリヴァンの『ケルズの書』を説明・分析する言葉のパロディになっている」[16]と言っており、確かにそのような箇所は多く、その意味でもジョイスがステューディオ・プレス版『ケルズの書』を注意深く見ていたことが分かる。同時に第一部第五章の右の「手紙」の部分は、ジョイスがきわめて丹念に写本の図それ自体を見、細部の特徴を捉え、自身の創造の窯のなかで焼き直していたことを示している。

ジョイスが第一部第五章を書いたのは一九二四年の一月から三月の間と考えられている。エッフェル塔を見上げるシャルル・フロケ大通り、シャン・ド・マルス公園に接するこの通りで、ジョイスは執筆に没頭した。人間の肉眼の限界を超えるような細密な『ケルズの書』の文字や装飾に眼を酷使したせいか、弱い彼の眼に異常が生じ、四月になって三週間あまり入院し、治療をした。

ジョイス作品を『ケルズの書』と見比べるとき、彼がどこへ行くにもこの写本を持ち歩き、念入りにそれを見、創作のヒントにしたと言ったことの意味が分かる。

10　ルチアの装飾文字と『ケルズの書』

『ユリシーズ』や『フィネガンズ・ウェイク』の「手紙」の章を書くためにジョイスが念入りに見た『ケルズの書』をルチアもまた目にしたであろう。とは言え、そう考えるのは推測の域を出ない。しかし同じ住まいのなかで父親が絶えず眺める写本を娘が見ることがまったくなかったとは考えにくい。

一九二五年一一月二三日付のH・S・ウィーヴァー宛ての手紙に、ジョイスは「あなたにさしあげる今度の原稿は一部ルチアが書くことになるでしょう（ルチアはこれをCinese（中国語）と言っています）[1]」と書いており、目の悪かったジョイスをルチアが手伝ったことを伝えている。[2] Cineseとは、意味不可解の文章というほどの意味であろう。ジョイスの書簡集には、ルチアの代筆による手紙も幾つか見出される。手紙とはやや性質が異なるが、一九三三年、ジョイスは『「ユリシーズ」の形成』執筆の参考となる事柄をメモにしてバジェンに送った。バジェンの死後、この文書が見つかったが、そのほとんどがルチアとレオンによるジョイスの口述の筆記であった。[3] また、父親と芸術家であることを張り合ったルチアが、創作に苦しむジョイスについて、「泣いているのを見たことがあるわ」[4] と冷ややかに言ったというエピソードもある。これらのことは彼女がジョイスの創作の現場に立ちあっていた、少なくともそれを見ていたことを証拠立てる。

一九三二年八月二九日、ダニエル・ブローディに宛てた手紙に、ジョイスは、「娘の壁紙のデザインをいくつかお送りします。……これをご覧になったときに思い出していただきたいのですが、娘はこれまでにドローイングのレッスンを受けたことがなく、これが初めての試みだということです」[5] と書いている。しかし、実際にはルチアは画塾「ジュリアン」で学び、先に述べたようにマーガレット・モリスの教室で絵を勉強してもいる。

装飾文字を描く頃までにルチアは『ケルズの書』を見たことがなかったと知人に語ったというジョイスのことばや、ルチアは drawing を教わったことがなかったというジョイスの言は、意識的な偽りではないまでも、無意識のことばの走りか、娘の才能を強調するあまりの父親の誇張ではないか。

ルチアの装飾文字は、ジョイスの作品が『ケルズの書』と相通じるところが多く、特に『フィネガンズ・ウェイク』で明確な対応関係さえ認められるのと違って、この写本と密接に関連しているわけではない。それでも、ルチアが造型した頭字のいくつかに『ケルズの書』との共通点を見ることができる。

『一個一ペニーのりんご』

詩集『一個一ペニーのりんご』のタイトル・ページには、ジョイスの優雅なペン字でタイトルと作者の名前、そして娘の名前を強調するように、「ルチア・ジョイスのデザインと彩飾による大文字」と書かれ、頁右下にルチアの筆で抽象的な図が描かれている。

図は原題 *Pomes Penyeach* の Pomes の P と M を組み合わせたと思われるデザインで、ある種の棘皮動物を思わせるが、見方によっては蛇の頭を表わしていると言えなくもない。蛇は前述のようにアイルランドの写本に数多く見られ、『ケルズの書』にも多い。テトラポットに似たフォルムが左右対称に並び、その中央からクラゲ形のフォルムが立ち上がっているこの図は、蛇の頭を真正面から見た図のようでもあるが、勝手な想像力を働かせるならば、『ケルズの書』その他の写本に頻出する、互いに向き合う人間、ライオン、蛇、または鳥の図の、その向き合う形体の間からからみ合うリボンが伸びて、渦巻の文様や草花や別の一組の動物の形となる図のようにも見える。

三番目の詩「わが娘に贈られた花」冒頭の〝Frail the white rose（白バラのひよわさ）〟の大文字Fは、三本のリボンで作られているが、上部の線の右端は、動物が足の先を大きく拡げたように四本の蹴爪に似た形が拡がっている。それはちょうど『ケルズの書』でライオンや犬の脚で描かれた文字の一辺のその先端がひづめを持つ足になっているのを思わせる。上部の線の左端は丸まってその中に花のつぼみに似た形が描かれ、Fの縦の線の下端は左に湾曲し、この半円のなかに、海が二つに割れてそこから潮が吹き上げ、花火のように炸裂している絵が描き込まれている。

線の先端が丸まってそのなかに様々な文様が描き込まれたり、先端部分が花やクローバーに変わったりする図は、『ケルズの書』に典型的である。このように先端部分に円または半円を描き、そこに細かな文様を描き込む仕方は、五番目の詩「トゥト・エ・シオルト（すべては終わりぬ）」の〝A birdless heaven（鳥飛ばぬ空）〟のAの字［図6］にも、十二番目の「駅前通り」の〝The eye mocks（目は嘲る）〟のTの字にも現われる。

詩の冒頭の頭字としてのTは『一個一ペニーのりんご』のなかに三つあるが、そのデザインが互いに異なっていることは『ケルズの書』の場合と同様である。一つは縦の軸が弓なりに反ったきのこの形に、一つは上部の横線が左右対称に湾曲して全体がランプ・シェードのように、もう一つは踊る人のように象られている。もちろん、「……のように」と記述するそれらのデザインは、現実のどのような形体とも違う。ルチアの想像力と造形力の幅の広さを示す。

『ミック、ニック、マギーたちのマイム』

一九三四年、ジョイスは最終的に『フィネガンズ・ウェイク』第二部第一章となる断章を「ミック、ニック、マギーたちのマイム」の題で単独に発表した。この時、ルチアは表紙と巻末のカット、最初の頁の冒頭の文字である"Every evening"のE〔図5〕のデザインをした。表紙のデザインについては、本書一四四頁で、バレエ・リュスのレオン・バクストによるバレエ『ラ・ペリ』の衣装のデザインとの類似性に触れたが、本文冒頭のEのデザインは、ルチアの装飾頭字のなかでもとりわけ優美である。中央の横線を除く三つの辺が一体となって弧を描く。弧は完全な円弧ではなく、下側では曲線が緩やかになり、先端がほとんど点になるまで次第に細く伸びてゆく。その全体が絶妙とも言える精妙な曲線美を描いている。

そのEの字の弧は植物の茎の毛を思わせる小さな赤い点《ドット》で縁取られている。ステューディオ・プレス版『ケルズの書』には、H・C・ドリエの模写による「合成文字」だけの頁が数頁[6]ある。「合成文字」とは頭字大文字と小文字の組み合わせの装飾文字のことであるが、それらの文字のほとんどがルチアのEの字と同じ赤い点《ドット》の列で縁取られている。サリヴァンの解説によると、このような点《ドット》は『リンディスファーンの書』や『ケルズの書』に見られるもので、「重要性の低い装飾の細部に現われる主要な特徴[7]」であり、特に『ケルズの書』では、比較的小さな頭字で用いられることが多いという。文字を縁取るこの点《ドット》はケルトの写本に特徴的なものだとする専門書もある。[8]

そのような知識を得て『一個一ペニーのりんご』を見直せば、「トゥト・エ・シオルト（すべては終わりぬ）」の冒頭「鳥飛ばぬ空（A birdless heaven）」の頭字Aの装飾文字［図6］は全体が点《ドット》で縁取られている。その点でもルチアの文字はケルトの伝統に添っている。それが創意によるものか、写本『リンディスファーンの書』か『ケルズの書』の影響によるものかは分からない。また点《ドット》の色はルチアの文字では赤とはかぎらない。しかし文字を縁取るこの点《ドット》が文字に華やぎを与え、文字全体の印象をやわらげるという効果のあることを、ルチアは十分意識していたのだろう。

『チョーサー　A・B・C』

『チョーサー　A・B・C』は、フランスの詩人、ギヨーム・ド・ドギルヴィルによって一三三〇年頃に書かれた寓意物語『三つの巡礼の書』のなかの聖母マリアへの祈りの詩のチョーサーによる英語訳である。ただし元のフランス語の逐語訳ではなく、チョーサーは基本的には原語に添いながらある程度自由に訳している。

『チョーサー　A・B・C』の装飾版と言えば、ウィリアム・モリス[9]（一八三四－九六）が制作した『ケルムスコット・チョーサー』のなかの『A・B・C』がある。ジョイスやルチアの注意を引いたとしても不思議ではない本だが、実際にはその形跡はない。

ジョイスがチョーサーの『A・B・C』をルチアの装飾文字を使う場として選んだのは、何よりも詩の各スタンザの最初の頭字がアルファベットの順になっていて、ルチアの文字を活かすに最適であったためであるが、同時に彼が中世という時代を愛したこと、さらにチョーサーを「イギリス文学の父」と呼んで敬意をもっていたためでもある。中世を愛した点においてはウィリアム・モリスも同様であった。

モリスは、産業革命以後、あらゆるものが機械化されてゆく過程で失われたハンド・プリンティングの技術を復活しようと、一八九一年、印刷工房「ケルムスコット・プレス」を興した。

『ケルムスコット・チョーサー』はその工房の技術によって制作されたチョーサーの作品の装飾本である。中世の人の手になる装飾写本は、ドイツの金属加工職人グーテンベルクの印刷機の発明（一四四五年前後）によって次第にすたれ、一六世紀半ばにはほとんど影を潜めた。例えば、パリの「クリュニ国立中世美術館」のショップには、種々の写本から取ったアルファベット各二六文字の絵はがきがある。最も早い写本は九世紀、最も多いのは一一、一二世紀のもので、一六世紀初頭の『ジャック・ド・ボームのミサ祈禱文集』から取ったSの字がいちばん新しい。モリスが目指したのはルネサンス期末に衰退した写本の装飾技術の復活であった。

モリスはみずから作った「ゴールデン」「トロイ」「チョーサー」の三つの印字体を使って、五〇数冊の本を出版した。『ケルムスコット・チョーサー』はその一冊である。右の『A・B・C』をはじめ、『カンタベリー物語』『騎士物語』『バースの女房の物語』『薔薇物語』等、一〇あまりのチョーサーの作品を収めている。モリスは頭字や頁の縁飾り、その他の装飾のデザインを行ない、バーン＝ジョーンズがイラストレーションを、彫り師ウィリアム・ハーコート・フーパーがモリスとバーン＝ジョーンズのデザインを木に彫った。一八九二年に始まり、一八九六年五月八日に印刷が完了、出版の日が六月二六日と決められ、六月二日に最初の二冊がモリスに届けられた。その四カ月後の一〇月三日にモリスは他界した。

『ケルムスコット・チョーサー』に入れられた作品の一つ、ルチアもその頭字の装飾を行なった『A・B・C』は、アクロスティック詩の一種、つまり各スタンザの頭字をつなぐと意味をなす詩である。この詩の場合、各スタンザの頭字はA、B、C、D、E……と続くのでABCポエムとも呼ばれている。

『ケルムスコット・チョーサー』版『A・B・C』の最初の一頁は、画面の四つの縁《ふち》を、互いにつながり合う花と草または木の葉が飾り、頁の上半分は聖母子とその前で祈る人物の絵で、その四角の枠を草の葉が連なって縁取り、下半分の三分の二ほどのスペースに、AとBとC、それぞれの頭字に始まる詩行が連ねられている。D以下は次頁以降となる。

モリスは三八四の頭字を作り、Tだけでも三四種類作ったというが、それらの文字の装飾は『ケルズの書』の場合と大きく異なる。『ケルズの書』では、文字の各辺の内側を種々の文様が複雑に埋めていた。全体の文様を象るのは多種類の動植物であったが、『ケルムスコット・チョーサー』では、各頁の写実的なイラストレーションは別として、すべて植物のみによる装飾である。頁の縁取りに現われる草花のデザインはパターン化され、それらは各頁で異なるものの、同じ頁内では反復性が特徴となっており、『ケルズの書』の多様性、不規則性と異なる。両者に優劣の差があるのではなく、パターンと反復、多様性と不規則性はそれぞれ別種の美を形成している。

『ケルムスコット』版『A・B・C』では、冒頭頁Almightyの Aの字だけが、一辺が六センチ前後の四角に囲われて大きく描かれ、文字を構成する三つの辺──『ケルズの書』の場合と同様、辺は線ではなく幅をもつ帯──の内側に草または木の葉がつながり合い、外側の地の部分は小さな花も混じって丸く円を描く草または木の葉のデザインとなっているが、BからZに至る他のアルファベットは、各々が一辺が一センチ足らずの正方形のなかに収まり、文字を構成する辺が白抜きのXとY以外、他はすべて黒による文字で、Aのような辺の内側の装飾模様はない。

全集『ケルムスコット・チョーサー』に入れられた各作品は、多少の例外はあるものの、冒頭頁が中央上部に作品の内容を表わす挿絵、下部に詩行、それを囲む、頁の四つの外枠をパターン化された植物の装飾が埋めるという体裁でほぼ共通している。頁はそれらの文様、文字、イラストレーションで埋めつくされている。

ルチアのデザインによる『チョーサー　A・B・C』では、各頁上部に装飾大文字が大きく一字、下部に各アルファベットで始まるスタンザという構成で、モリスの場合が汪溢の美であるとすれば、ここでは余白が頁の美しさとなっている。

画面構成の汪溢・充満性ではケルムスコット版と『ケルズの書』は共通するが、文字の特徴という点では大きな違いがあり、両者のあいだにルチアの『A・B・C』を置いてみると、明らかに彼女の文字は『ケルズの書』に傾く。

『ジョイスのパリ時代』でもルチアの装飾文字について書いた。しかし今改めて『ケルズの書』と見比べ、この写本とルチアとモリスの三者を並べてみるとき、ルチアの文字に『ケルズの書』に通じるデザインの多様さ・複雑さを感じる。その複雑さは、その文字を模写してみるときいっそう強く実感される。

ジョイス関連資料はルチアのものも含めて、著作権法の適用が「ジョイス遺産財団」側から厳しく求められていて、ルチアの装飾文字を用いたジョイスの作品のファクシミリのコピーも不可能である。それらは概して fragile、つまり破損しやすく、コピーが禁止されるのは致し方ないが、フラッシュなしの写真撮影ぐらいなら許可してほしいというのが利用者側の勝手な望みである。それが許されない以上、模写を試みた。

例えばVの字について、『ジョイスのパリ時代』ではこう書いた。「“Virgine” のVの字は今しも開こうとする花のつぼみのようである。Vの二つの線は花の萼《がく》のようで、その真中に今にも持ち上がろうとする花弁がある。中に隠れる雄しべ、雌しべは羽毛が舞い散るようである。

勿論それは写実的な形象には遠く、萼と思える部分は笹の葉とも似ていて、それに細い蔓が細かいらせんを描いて巻きついている。[10]」

Vの字のデザインはほぼそのとおりではあるのだが、しかし舞い散るような「雄しべ」「雌しべ」の描写は実際にはそれだけでは不十分であることを、模写〔図7〕を試みて知った。それら「雄しべ」「雌しべ」と見えるものの内側にはさらに細かな模様が描き込まれており、模写するにはあまりにも複雑かつ微小である。「雄しべ」「雌しべ」はそれを形成する細胞が次々と分裂し、この細胞分裂による増殖は果てしなく続くような気さえしてくる。あたかも『フィネガンズ・ウェイク』で、一つのフレーズが、それを修飾するための別のフレーズを呼び、それがさらに次を呼びだし、長大な文となることが多いのに似ている。この増殖は、さらに『ケルズの書』の、例えば「フォリオ・三四右」のモノグラム（Chi-Rho）の頁〔図3〕で、Xを形成するSの字の先端が丸まって円を作り、その円のなかに大小数個の円が描かれ、それぞれの円がさらに別の文様で埋められているのにも似ている。このような増殖は中世ゴシック建築にも見られ、美術史家アーウィン・パノフスキーは〝増殖可能性 multiplicability〟という語を用いてその特徴を論じた。[11]

ルチアの文字の『ケルズの書』との共通性は、判読不能となる寸前までの文字の加工にもあ

図3　『ケルズの書』「Chi-Rho（キリスト）の頁」（本書 165-176 頁）

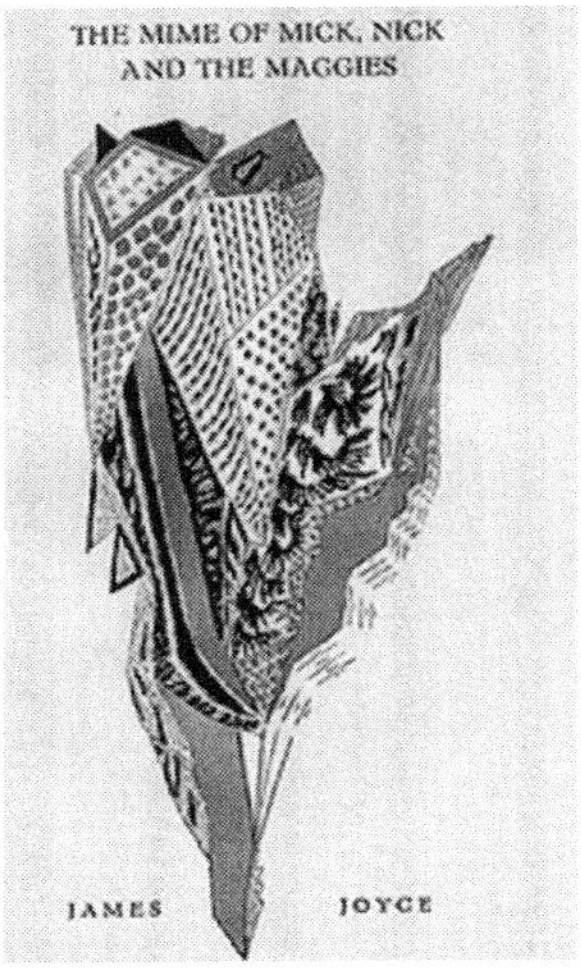

図4　『ミック，ニック，マギーたちのマイム』の表紙のルチアによるデザイン．（本書 144 頁）

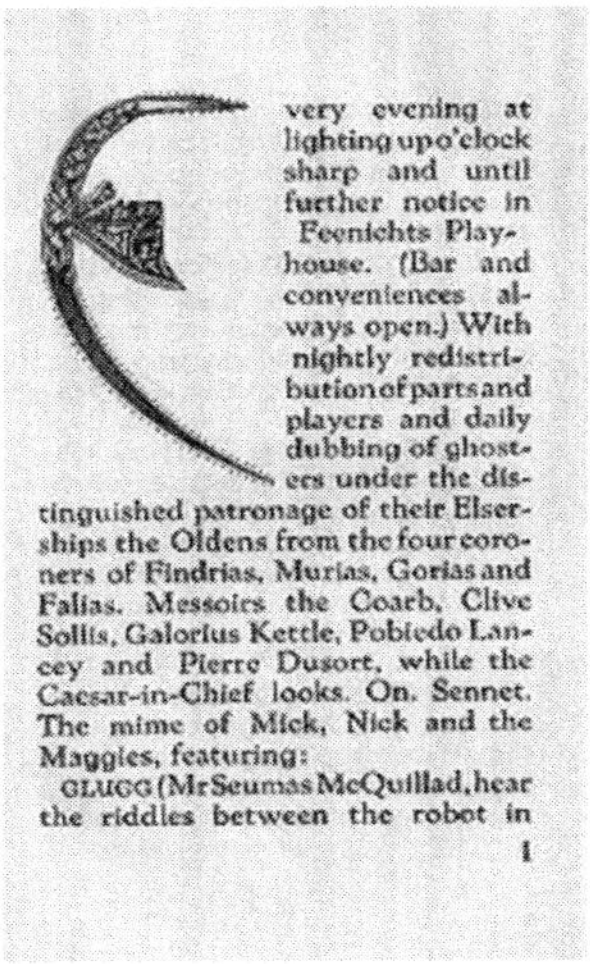

Every evening at lighting upo'clock sharp and until further notice in Feenichts Playhouse. (Bar and conveniences always open.) With nightly redistribution of parts and players and daily dubbing of ghosters under the distinguished patronage of their Elserships the Oldens from the four coroners of Findrias, Murias, Gorias and Falias. Messoirs the Coarb, Clive Sollis, Galorius Kettle, Pobiedo Lancey and Pierre Dusort, while the Caesar-in-Chief looks. On. Sennet. The mime of Mick, Nick and the Maggies, featuring:

GLUGG (Mr Seumas McQuillad, hear the riddles between the robot in

1

図5　『ミック，ニック，マギーたちのマイム』の本文冒頭の大文字Eのルチアによるデザイン．（本書 204 頁）

図6　詩集『一個一ペニーのりんご』の詩「トゥト・エ・シオルト」冒頭の大文字Aのルチアによるデザイン．本書著者による模写．（本書 203 頁，205 頁）

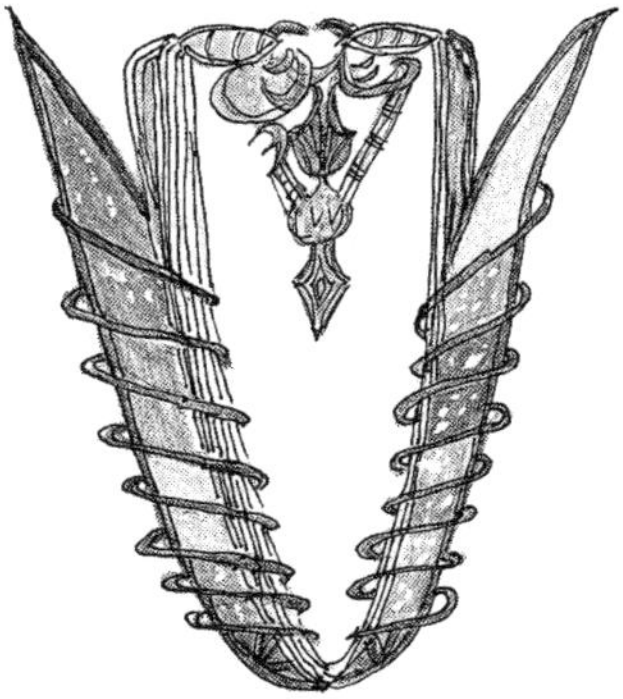

図7　『チョーサー　A・B・C』二〇番目のスタンザ冒頭の大文字Vのルチアによるデザイン．本書著者による模写．（本書 210–211 頁）

る。『ケルズの書』では、文字が全体のデザインのなかに溶け込んで識別できないこともまったくないわけではない。ルチアの文字はそれほどではないにしても、文字の基本形に添いつつ思い切った変形をしている。Lの字では左の縦線の頭が大きく後ろにのけぞり、Nの字は、左の二つの辺が連なって逆さUの字を描き、もう一つの辺はそれから身を反らすように傾いている。時には他のアルファベットに見えることもある。例えばBの字は左の縦線と右側の湾曲する部分の末端がそれぞれUの字を描き、瞬間Rの字と見まちがう。〝Queen of comfort（慰みの女王）〟と始まるスタンザのQの字は、下部のひげ部分は蛇の胴体または長くした鳥の首のようで、先端は鳥を思わせる顔である。この種の図は『ケルズの書』にきわめて多い。

ルチアの装飾大文字と『ケルズの書』の文字の類似性はデザインの個々の細部にもあるが、むしろ全体的な特徴にあるだろう。非写実的で幻想的なデザイン、彩色の豊富さ、筆の動きの細かさ、これらは両者に共通する。

バッファロー大学「ジョイス・コレクション」の「ルチア資料」「フォルダー・一六」には、ルチアがシルヴィア・ビーチに宛てて送った手芸品が収められている。古くなってやや黄ばんだ封筒のなかに五つの小さな作品が入っている。

封筒にはいくつかの数字が認められ、日付について確定しにくいところがあるが、フォルダーの表の注記は消印を「一九三五年三月二八日」としている。これが正しいとすれば、三五年は、ジョイスとシルヴィア・ビーチの関係が、後者の側にのしかかってくる経済的負担その他の理由で、ぎくしゃくし始めた頃である。その後、ジョイスと彼の文学的・経済的後援者であったH・S・ウィーヴァーとの関係にひびが入りかけたとき、二人の関係を修復したいとイギリスに出かけたルチアであったから、一九三五年が正しいとすれば、このプレゼントには彼女のそのような願いが託されていたのかもしれない。

封筒のなかには、五、六センチ×六、七センチの四角い布に施された刺繍または絵が五点入っている。そのうちの三点がアルファベット大文字を思わせるものである。一つはBで、内側にキリストと四人の弟子と思われる人物が描かれている。別の一つは赤い紐でRの字をかたどり、そのところどころを白い糸で押さえている。もう一つは、Oの字を思わせる円形の線を細い毛糸で縁取り、なかに太陽の顔のカリカチュアと本を描いている。他の二つはそれぞれ花模様と松の木の絵である。

封筒の消印が一九三五年だとしても、これらの手芸品は一つずつ特徴がかなり違っており、それぞれ別の時期に作られたと考えられる。また前述のルチアの装飾文字とは比較の対象になりえない、素朴で手慣れない感じがあるので、ルチアは装飾文字の仕事に取り組む以前からこの種の芸術にある程度親しんでいたのではないかと思わせる。

その知識の源が何であったかはもちろん分からないが、父親が絶えず眺めていた『ケルズの書』は彼女にとっても親しいものでなかったかと推測させる。頭字大文字の仕事に取りかかるや、ルチアは短時日のうちにモリス校時代と大きく異なる絵の技を見せた。バレエ・リュスの舞台や衣装のデザインや色彩も彼女の美的感覚を育てていただろう。しかしモリス校で学び、粗い筆遣いでフォーヴィスム風の絵を描いていたときにも、彼女のなかに『ケルズの書』のイメージが持続し、装飾文字の仕事に向き合ったとき、その記憶がルチアを助けたのではないか。

父親が座右の書として刺激を得ていた『ケルズの書』が仮に娘にとっても芸術的インスピレーションの源泉であったとすれば、それはこの写本の普遍的な魅力や影響力を意味するが、同時に、父と娘に共通する感受性、もっと大げさに言えば運命的なつながりも感じさせる。『ケルズの書』がルチアに影響を与えたであろうとは仮定にすぎない。しかし、たとえ『ケルズの書』の介在なしでも、ジョイスの作品、特に『フィネガンズ・ウェイク』とルチアの装飾文字に共通に見られる想像力の自在さ、細密な表現、細部の増殖は、彼らの民族、ケルトのものであり、また親子の血でもあっただろう。

11　ファーガソンのケルト的デザイン

ルチアが学んだ舞踊学校の創設者マーガレット・モリスの夫、前述のジョン・ダンカン・ファーガソンに、『ジェイムズ・ジョイスを記念して』というヒュー・マックディアーミッドの著書に描いた口絵と挿絵の仕事がある。

ヒュー・マックディアーミッド（一八九二―一九七八）はファーガソンと同じスコットランド・エディンバラに生まれた詩人で、序文によれば、『ジェイムズ・ジョイスを記念して』はジョイスの死（一九四一年）の直後に書かれた本である。もともとオベリスク出版から出す予定であったが、経営者のジャック・カーンの死去や第二次大戦と戦後の混乱などから遅れたという。カーンの没年は一九三九年なので、この本は早くから計画されていたものなのだろう。オベリスクはルチアの装飾文字による『チョーサー　A・B・C』の出版社である。マックディアーミッドは出版が大幅に遅れたもう一つの理由として、T・S・エリオットから、ジョイスの『フィネガンズ・ウェイク』がしかるべく評価を受けるまで待つほうがよいと助言されたことを挙げている。

ただこの本は、ジョイスや『フィネガンズ・ウェイク』を直接論じたものではない。副題に「世界言語の展望より」とあるように、著者の言語哲学を展開した詩形式の評論である。〝英国嫌い《アングロフォービア》〟を自認するマックディアーミッドは、世界の詩人や文学者の言語論を網羅的に検討するとともに、英語が世界言語となることへの危機感をこの書で示した。彼が共感する思想の例として引用するのは、ケネス・ジャックソン著『ケルト語作品集』[1]の書評である。

……アイルランド語、ウェールズ語、スコットランド語、ゲール語、スペイン語、イタリア語、ギリシア語、ラテン語、ロシア語、ペルシア語、アラビア語、サンスクリット、あるいは中国語によって鍛えられる詩的想像力は、英語で形成される現代のパイデウマ[2]よりはるかに多産であると考えざるをえない。[3]

書評者が誰であるかは記されていないが、マックディアーミッドが自分の詩的散文作品を『ジェイムズ・ジョイスを記念して』と題したのも、ジョイスが『フィネガンズ・ウェイク』

で世界の複数の言語を用いて新しい言語を創造したことによる。ただしマックディアーミッドはジョイスを全面的に認めるわけではない。「ジョイス、あなたと違って、私は西洋よりも東洋に関心がある。／私が求める詩は、世界の歴史において、／ヨルダンやライン川よりもタリム盆地のほうが／もっと重要だと知る者の作品でなければならない。」[4]

とは言え、『フィネガンズ・ウェイク』の言語を支持するマックディアーミッドは、さらに次のウラジミール・ソロヴィヨフ（一八五三－一九〇〇。ロシアの哲学者で詩人）の文章を引用する。

> 言語の真の統一は、エスペラントでもヴォラピュークでもなく、誰もがフランス語をしゃべることでも、単一の言語でもなく、すべてを包括する言語、あらゆる言語の相互浸透である。[5]

そのような言語とは、英語を基本としながらもそれに何十という言語のシラブルやその変形を接合させて創造したジョイスの『フィネガンズ・ウェイク』の言語にほかならない。

マックディアーミッドはこの詩形式の評論書に、すでに「八〇代の長老」[6]となっていたファーガソンに表紙の絵や口絵や挿絵を依頼した。

表紙の地はアイルランドの色、緑である。白い線で描かれた絵は、JJの文字の一つが反転して互いに背を向け合い、その二つの文字を中心にしてまわりにハートの形が描かれ、さらにそのハートの形を中心に二つの乳房をもつ女体らしい形が横たわっている。『ユリシーズ』のモリーとも『フィネガンズ・ウェイク』のアナ・リヴィア・プルーラベルであるとも受けとれる。

目次の頁では、音楽を愛したジョイスを表わしてト音記号、縦軸の線の上下末端それぞれにJの字、アイルランドの象徴であるシャムロック、アイルランドのオガム文字を思わせる四本の線と五本の線が上下に描かれている。オガム文字で、五本は通常Jの字、四本はEを表わす。Joyce の最初と最後の文字を表わしていると解釈してよいだろうか。

オガム文字の意味がもっと明確なのは次頁で、James Joyce を表わす棒線から成るオガム文字と、中央にふたたびト音記号が描かれている。頁の下側は、同じくオガム文字でJ、D、F、つまりジョン・ダンカン・ファーガソンの頭字である。

「挿絵についての覚書」には、「オガム・アルファベットはケルトの文学と弁術の神、オグマに因んだ古代アイルランド固有の文字であった。挿絵は、ジョイスの頭字を表わすオガム文字と別の種類の文字、それに音楽、創造、感情、故国アイルランドに対するジョイスの関心を伝える別のシンボルから成り立っている」[7]とある。「別の種類の文字」とはローマ字、「別のシンボル」とはト音記号のことである。ジョイス文学のケルト的要素とファーガソンのケルトへの傾倒が結びついて、このような挿絵となったのだろう。

『ジェイムズ・ジョイスを記念して』のファーガソンの挿絵の多くは、一見したところ、『ケルズの書』その他のケルトの写本とは趣が異なる。デザインは精緻というよりは簡潔、筆の動きは丹念というよりは大胆である。しかし、一枚のイラストレーションが紛れもないケルト的特徴を見せている。

それは、頁いっぱいに描かれた、前を向いて立つ女性の裸像［図2］である。裸像のまわりのシャムロック、オガム文字風の模様、ジョイスを象徴するト音記号に加え、女身を描く多くの線の先端が渦巻の文様になっている。もともとト音記号自体、渦巻から成るが、髪の毛、乳房、くびれた腰の線、腹部と、可能なあらゆるところで渦を描き、さもなければ円環を描いている。それはサリヴァンが『ケルズの書』について、「くっきりとしてたじろぐことのない丸い螺旋の線の動き。装飾の迷路の中を芸術的に豊かにくねってゆく蛇の描く波状の起伏」と言い、ジョイスがそれをもじって『フィネガンズ・ウェイク』で、「あの怒れる鞭紐の輪。用心深く閂《かんぬき》をかけるかして戸締まりをした円環。……軽やかなペンの飛翔に先導され、イアウィッカーの頭字大文字の両サイドをすべてティベリウス式に飾る丸い千の渦巻く光輪」と表現した、そのようなケルト的な装飾の絵である。

ケルト的特徴を見せるファーガソンのこの絵は、『ジェイムズ・ジョイスを記念して』という、ジョイスをテーマ（またはモチーフ）とする本のイラストレーションだからではあるが、それだけではなかった。

図録『スコットランドの色彩派の画家たち』の解説は、ファーガソンが本来もつケルト的特質を指摘している。解説者のフィリップ・ロングは、ファーガソン自身が「自分の絵の線とパターンのフォルムの言語を、ケルト芸術の線の表現法に起源をもつもの」と見ていたと述べ、「線と形体を模索したキュビスムの初期の段階」も「あの北方の伝統の豊かな装飾表現」に関係があるとファーガソンは考えていたと言う。[8]

文学においても絵画においても、モダニズムの根底にケルト的要素があったということを示唆しているが、そのモダニズムの先頭を行ったジョイスに因む本のデザインをしようとしたとき、ファーガソンはおのずからケルト的な筆を用いた。それを描かせたのは、ジョイス親子同様、彼の民族の血であったのかもしれない。

ケルト民族とは現在のアイルランド人、ウェールズ人、コーンウォール人、ブルターニュ人、高地スコットランド人ら、かつてケルト語を話していた人々のことである。スコットランド人であるファーガソンは、フォーヴィスムに傾倒し、強い色彩と大まかなタッチで絵を描いていたときも、直線を避け曲線を多用する優美で複雑なケルト芸術に引き寄せられるものを感じていたのであろう。「八〇代の長老」は『ジェイムズ・ジョイスを記念して』に口絵を描いたとき、彼の内なる衝動に促されていたのではないか。

ファーガソンの思想を継ぐマーガレット・モリスの学校に学んでいたルチアの当時の絵に、フォーヴィスム的傾向は見られても装飾性や増殖性に富むケルト的要素は感じられなかったが、しかしファーガソンがもつその基本的な特質に、間接的にせよ、ルチアは感応するところがあったと考えられなくもない。

しかしそれよりもやはり、ルチアと『ケルズの書』をつなぐことのほうがより現実的である。父親を愛しながらもライバル心を燃やしたルチアが、かりにも父親と同じように『ケルズの書』からヒントを得てそれぞれの分野の創作活動をしていたとすれば皮肉な気もするが、そこにはコインシデンス以上の、二人の関係の濃さが見える。

しかしユングの比喩を借りれば、一人は川底に向かって潜ったのに対し、もう一人は同じ川底に向かって沈んでいった。[9] 前者は創作のエネルギーを持続させて最後の作品の出版を見届け、二年後に人生を閉じた。もう一人はまだ三〇そこそこの若さで〝芸術家〟であろうとする努力を捨て、自分の意志と無関係に送り込まれた病院で、時には訪れる者にここから出してほしいと懇願し、その望みもかなわぬまま生涯を過ごした。

ローランサンの描いたルチアの肖像画はバッファローにもなく幻に留まるが、ラブルールが絵を描くローランサンを版画にして『マリー・ローランサンの肖像』と名づけたように、もし文字をデザイン・彩色するルチアの姿が描かれていたならば、それが彼女の一番の肖像画となったであろう。そのような絵がないとなれば、ルチアの肖像は彼女の装飾文字自体に求めることができるかもしれない。

12　終　章

バッファローの「ジョイス・コレクション」は、これまで抱いていたルチア像を時には補強し、時には修正する。

『若い芸術家の肖像』や「リトル・レヴュー」誌連載の『ユリシーズ』によってパリの文学世界に華々しく登場し、大作家として賞賛者に取り巻かれる父ジョイスに対して、自分も芸術家であろうとしていたルチアは敵意にも近い対抗心を見せることがあったが、バッファローのルチア関連のフォルダーには、そのような彼女の心理を逆なでしたかもしれない資料もある。

舞踊団「リズムと色彩《リトゥム・エ・クラール》」一員としてルチアはパリの一流劇場での公演に出演した。「コメディ・デ・シャンゼリゼ」（一九二六年一一月二〇日。「牧神のバレエ」に八人の出演者の一人として）、「アンシアン・テアトル・デュ・マレ」（同年一二月二一日。野生の葡萄の木の一人として）、「ヴュー・コロンビエ劇場」（一九二七年二月一九日）、同劇場（同年四月九日。原始女司祭として）などの公演プログラムが「ルチア資料」のフォルダーに入れられており、何年の時のものかは不明であるが、「二月二六日」の「ヴュー・コロンビエ」での公演の招待状を「リトゥム・エ・クラール　ルチア・ジョイス」の名前で作っている。これらを含む公演の新聞評の切り抜きが別のフォルダーに保存されている。残念なことに記事の日付は分からない。

それらの批評のすべてが「アイルランド出身の大作家ジェイムズ・ジョイス氏の娘」であることを強調している。「アメリカやイギリスの芸術家たちがパリの舞台で踊る。二八日三時のロン・ポワン劇場での公演のリハーサル。ミス・チェルニコーナが大作家の娘ルチア・ジョイスに先導されている。」「六人のうち三人がフランス人。それはともかく、中でも最後のマドモワゼル・ルチア。薄水色の眼をした夢見るようなアイルランド人女性。有名な大作家の娘。彼女の言葉はいわゆるイタリア的抑揚の歌である。」「ラ・ベロット[1]に合わせて踊るのはジェイムズ・ジョイス氏の娘ルチア。」

父親の名前のつきまとう自分についてのこれらの記事を、ルチアはどう受け止めたのだろう。自分が入り込むことのできない父親と彼を取り巻く文学者の世界。その一人は彼女の愛を受け入れようとしなかったサミュエル・ベケットである。ベケットは、ルチアの精神の混乱を引き起こしたとしてジョイスの怒りを買い、出入り禁止となったが。父親の名声に助けられるのではなく、一人の芸術家として彼らに顧みられる存在になりたいというルチアの願望は、時として父親への敵対意識となった。「誰かが父の話を始めたら、私は出て行きます。[2]」パーティーや何かの集まりに誘うとそう言ったというルチアが、これらの記事をみずから切り抜き、保管していたのだろうか。敵対感情というのは常のことではなかったとしても、そのような疑問が生じる。

「ルチア資料」はルチアの持ち物だけと限らず、他人のものも加えられている。例えば「フォルダー・一八」はルチアがシルヴィア・ビーチに贈ったレースのハンカチである。色の褪せた朱色の封筒の表に、「一九六一年クリスマス」と読める文字が綴られている。6の字は4にも見える。6であれば、それはシルヴィア・ビーチの死の前年である。一九四一年ならば、ジョイスの没年で、一月一三日、彼はチューリヒで死去した。その年のクリスマスの頃と言えば、ルチアは、第二次大戦下、フランス西部の港町ポルニシェでデルマ博士のもと他の患者とともに疎開生活を送っていた。そのような状況でビーチに贈り物をするということはないだろう。ビーチの所蔵品が提供された、「ジョイス・コレクション」のきっかけとなるパリの書店「ラ・ユヌ」での展示会は、一九四九年である。これらを考え合わせると、ルチアがビーチにプレゼントをしたのは一九六一年で、ビーチの死後に「コレクション」に加えられたのだろう。四隅の一つに透かし編みをしたいわゆるアイリッシュ・レースのハンカチにはしみも現われている。

バレエに関する新聞の切り抜きも、こうしてルチア以外の人物によるものと考えられなくはない。

もし新聞記事が他人ではなくルチア自身の切り抜きだとすれば、彼女はともかくもこうして注目されたことに一まず満足したということだろうか。しかしその心情に複雑なものはなかったのだろうか。切り抜きを見ていると、こうした疑問が頭をよぎる。

これまでに見た「ルチア資料」とは別に、「ジョイス・コレクション」には分類項目の一つに「ルチアの書簡」がある。その中の一人の差出人の名前が目を引いた。アレクサンダー・カルダー[3]である。ルチアとマライア・ジョラス連名宛ての葉書で、消印は一九六七年一一月三〇日、差し出し場所はアンドル＝エ＝ロワール・サシェとなっている[4]。アンドル＝エ＝ロワールはフランス中西部の県で、サシェはいわゆる「古城巡り」のツアーの起点であるトゥール市の南に位置する地域である。宛て先の住所は「パリ・レンヌ通り一〇六番地二」。この頃のルチアはイングランド・ノーサンプトンのアレクサンダー病院に入院して一〇年近くになっていた。アレクサンダー・カルダーはアメリカ出身の彫刻家（一八九八－一九七六）で、祖父、父親が著名な彫刻家、母親がパリのアカデミー・ジュリアンとソルボンヌで学んだ画家という芸術家一家に生まれた。はじめ大学で機械工学を学んだが、芸術家となる道を選び、一九二六年にパリに来た。そこでミロやアルプやモンドリアンら、多くの前衛芸術家と出会い、アメリカと行き来しながら活動した。

軽井沢のセゾン現代美術館にカルダーの作品がある。『錆びたボトル』と題する一九三六年の作品である。天井から伸びた細い鋼の線（または棒）の片側から二本の枝が出てその先に黒い葉が、反対側からは五本の細い枝が出てその先に赤い葉が揺れている。下に伸びる鋼の先は、天秤のように線が二つに分かれて、一方に歪んだボトルの形の茶色の平たい鋼板、別の一方にはそれと釣り合って黒い楕円形の盤がぶら下がっている。宇宙に舞う星のかけらと奇妙な天体のようでもある。

このような宙に浮遊する作品に「モビール」という名前を示唆したのはマルセル・デュシャンであった。「モビール」は針金、紐、金属の薄板などを材料として、部分が宙で互いにバランスをとるように作られた「動く彫刻《カイネティック》」である。カルダーは一九三〇年代にこのようなモビール作品を数多く制作した。

ルチアが情熱を傾けていた舞踊を捨てるのは一九二九年秋、ジョイスは娘に本格的に絵を学ぶことを勧め、その指導者として選んだのがカルダーだった。ルチアの舞踊友達のドミニク・マロジェの一九八〇年三月二三日付の手記「ルチアとの最後の会見」によれば、ルチアはカルダーについて、この彫刻家を彼女が愛したこと、彼は結婚して子供もできたこと、最近アメリカで亡くなったことなどを語ったという。カルダーはこの会見の二年前に亡くなった。シュロスの『ルチア・ジョイス――ウェイクに踊る』によれば、ルチア自身の未発表の手記「わが人生」には「私たちは恋人」だったと記されているという。[5] カルダーは一九二九年の六月、作家ヘンリー・ジェイムズのきょうだいの孫娘、ルイーザ・ジェイムズと婚約し、一九三〇年の秋、ルイーザがパリに遊びに来たあと共にアメリカに戻り、翌年の一月に結婚した。このようなカルダーに関して、ルチアの手記にあるという「私たちは恋人」だったということばをそのまま信じてよいものかどうか。彼女の一方的な思いであったとも考えられる。

エルマンの伝記によれば、ルチアはカルダーとつき合ったあと画学生で評論も書いていたアルバート・ハベルという人物と恋愛関係になり、性的関係をもったという。[6] しかしハベルもまた去った。彼女がジョイス家に出入りするサミュエル・ベケットに恋心を募らせるのはこの頃からで、愛を迫るルチアにベケットが拒絶を示すのは一九三〇年の五月、三二年のジョイスの誕生日に、ルチアは自分の恋を妨げたとして母親のノラに暴力を振るうなど、典型的な統合失調症の症状を見せ、それから長い病気との闘いが始まった。

バッファローのコレクション中の葉書を書いた一九六七年頃、カルダーはルチアの状況をどのように把握していたのだろうか。しかし、ルチアの愛を拒否したサミュエル・ベケットが、ジョイスが亡くなったあとずっと彼女のことを気にかけたように、カルダーもまた自分に恋愛感情を抱いた相手を思いやったのだとすれば、彼の（彼らの）男の優しさがあったのかもしれない。

もっとも、そのようなセンチメントを感じるには葉書に写ったカルダーはロマンスの香りからは遠い。「サシェのぼくの〝店〟の前に立ち、アンドル渓谷を見渡しています」と書かれたその葉書に写ったカルダーは肥満して、顔にも体にもたるみが見える。彼の背後は手裏剣を連想させる人の背丈ほどの二つの放射状鋳鉄作品である。この頃、つまり五〇年代から六〇年代にかけて、カルダーは浮遊するあのやわらかなモビール作品と対照的な、硬質の金属によるモニュメンタルな作品を制作していた。ニューヨークのホイットニー美術館には右の作品と似た「七本脚の野獣」という一九五七年の彫刻作品がある。右の写真に写ったまもなく七〇歳の白髪の彼は、肥った体軀にまだまだ制作のエネルギーを蓄えているのだろう。

絵はがきの日付から五年前の一九六二年、カルダーは渓谷を見下ろすサシェの地に工房を作った。小説家のバルザックはサシェを愛し、『谷間の百合』の一部はここで書かれた。カルダーの工房は、今、「アトリエ・カルダー」の名前で、若い芸術家に制作の場所を提供し、経済的に支援する活動の中心地になっている。

バッファローからの帰途、閉館間際に訪れたニューヨーク近代美術館で、早足に移動していた目に、カルダーの作品が飛び込んできた。展示されていたのはモビール作品の一つで、軽井沢のセゾン現代美術館で見たのと同じ浮遊する彫刻である。ひらひらした切片がワイヤでつながれ、バランスを取りながら宙に浮かんでいる。糸をつけた風船の群舞のようである。そのわきの壁に掛けられた写真のカルダーに目を見張った。絵はがきの写真の人物と結びつけるのが困難な、若く凜々しい男性がそこにいた。大きく見開かれた目、眼光は鋭く、口は固く結ばれて、整って引き締まった顔は、往年の俳優タイロン・パワーを思い出させる。ルチアが惹かれたのももっともと思われた。

一九八〇年三月、マロジェが訪ねたとき、ルチアはカルダーについて「あの人とは結婚できませんでした」と言い、「サンディ・カルダー」以外の男たちのことにも触れた。二〇歳の時に好きになった作曲家で、ルチアも出演した喜歌劇「金の橋」の作曲者のエミール・フェルナンデス[7]については、「あの人は結婚したんですか。何年に亡くなりましたか。……あの人はユダヤ人でした。姉さんは『ダブリンの市民』を訳しました[8]」と言い、サミュエル・ベケットは友達だった、「あの人とは結婚できませんでした」と言った。スイスのロカルノで知り合ったというSempaという人物については、「あの人は結核でした。私に子供を産ませたがりました。妊娠は私には危険でした。……私はからだが弱いんです[9]」と言った。ジョイスが息子のジョルジオの妻ヘレンに宛てた一九三四年八月付の手紙には、「ルチアはニヨンでダブリンかロンドンに住むいかがわしい男に惚れてしまったようです」とある。二人は引き離されたが、ルチアは当然混乱した。「だがすぐに落ち着くでしょう。女にはよくあることです。異常なことは何もありません[10]」と書いている。

不安定な心が次々と男の愛を求めさせたのか、不幸な恋愛が病気を加速させたのか――、しかしルチアが異性の愛を得ることはついになかった。

バッファローの「ジョイス・コレクション」のルチア関連資料一四番のフォルダーに入っているのは〝ルチアの手書き〟とされる楽譜である。フォルダーの表には、資料編集者により「一九二八年?」と記されている。楽譜は彼女が書いたと推測されている。

Nobody knows the trouble I've seen　わたしが味わった悩みを知る者は誰もいません

Nobody knows but Jesus
Nobody knows the trouble I've seen
Glory halle-lu jah

イエス以外に知る者はいません
わたしが味わった悩みを知る者は誰もいません
栄光の主よ

日本で「わが悩み知り給う」の訳詞で知られる黒人霊歌である。"The trouble I've seen" とは「わたしが味わった悩み」ということではあるが、もっと正確には「わたしが経てきた苦難・労苦」のことである。ルチアの楽譜の入ったフォルダーの表には「一九二八年?」とあるが、その頃までのルチアの半生を見ても、父親の意志のままに数カ国を移り住み、したがって次々と新たな言語を強いられ、それだけでもありがたい生育環境ではなかった。

ルチア資料のなかに見出された楽譜が彼女の手にした多くの楽譜の一つにすぎないとしても、だれにも分からない苦悩を伝えるその歌詞が彼女自身の気持なのだと思えてくる。

遺伝的な何らかの原因があったのか、生育の環境が追い打ちをかけたのか、ルチアは統合失調症と言われる病気となった。

アーサー・パワーとの会話で、ジョイスはドストエフスキーの『カラマーゾフの兄弟』の登場人物について語り、彼らはみな狂気を抱えていると言った。

ドストエフスキーの天才の秘密はそこ（狂気）にあるかもしれない。ハムレットは狂気だった。だからいい芝居になった。ギリシア劇の登場人物には狂気の者が何人かいる。ゴーゴリもそう。ファン・ゴッホもそうだった。しかしわたしは高揚という言葉を使いたい。たぶんこの言葉は狂気と同じ意味を表わすでしょう。実際、偉い人間にはみなその傾向がある。彼らの偉さの源なのです。分別だけの人間は何ごともなしえない。[11]

パワーとの会話は一九二〇年代前半ではないかと考えられる。その頃にはまだルチアの心の病気は発症していなかったし、狂気の産物と言われなくもなかった「進行中の作品」（『フィネガンズ・ウェイク』の仮の題名）も取りかかったばかりだった。一九三五年夏に友人に送った手紙にジョイスは、「ぼくは、娘の治癒を心から願うけれども、彼女がそのまなざしを、透視力によって見る明るい夢想の世界からそらし、世間という名のあの醜悪な馬車屋の顔に向けることがあるとしたら、どうなるだろうと考えます[12]」と書いたが、そのとき、ジョイスは娘の病気を嘆きつつも、かつてパワーに語ったときと同じように、〝狂気〟の娘の才能を、娘のすべてを信じていたのである。

注

1　ルチア・ジョイス

1　〝現代芸術と統合失調症〟というテーマについては『ジョイスのパリ時代』で論じたので参照されたい。

2　一九三五年七月一九日付、H・S・ウィーヴァー宛て、ポール・レオンの手紙。引用文はレオンがこの手紙に引いたジョイスのことば。Ellmann, p.650.（p.805,n.22.）

3　Lucie Noel, *James Joyce and Paul Léon: the story of a friendship*, Gotham Book Mart, 1950, p.19.

4　Ellmann, p.262. ただしエルマンはフランチーニ・ブルーニとのインタビューに基づいて書いているが、スタニスロースの日記には、ジョイスが病院まで陣痛のノラに付き添ったとあることを、ジョン・マッコートは指摘している。（John McCourt, *The Years of Bloom—James Joyce in Trieste 1901-1920*—, Wisconsin University Press, 2000, p.123. 以下 *The Years of Bloom* と省略。）

5　*Letters* I, p.34. Introduction.

6　Ibid., p.285.

7　イギリスの作家・評論家。ジョイスの経済的・文学的後援者であったハリエット・ショー・ウィーヴァーについての伝記作品 *Dear Miss Weaver*（Viking, 1971）がある。

8　ジョン・マッコートによれば、兄のジョルジオとルチアはヴェロネーゼ通りの学校に通い、友達も作った。ルチアは、一九六一年にトリエステ在住のジョイス研究者ステリオ・クリゼに送った手紙に、「スクオラ・コムナーレ」時代の同級生を懐かしがり、自分が今はトリエステ方言を忘れていることが残念だと書いているという（*The Years of Bloom*, p.212.）。ルチアがどこにいても友達が作れなかったとはもちろん言えない。

2　バッファロー大学の「ジョイス・コレクション」

1　*Discovering James Joyce* —— *University at Buffalo Collection* ——, The Poetry Collection, University at Buffalo, The State University of New York, 2009, pp.19-27.（"Why Buffalo? James Joyce: Paris-Buffalo" by Oscar Sylverman.）

2　「ケイペン・ホール」の「シルヴァーマン・ライブラリー」の名前はオスカー・シルヴァーマンに因んでつけられた。

3　ルチア・ジョイスの肖像画

1　*The Years of Bloom*, p.220.

2 Ellmann, p.316.

3 *Our Exagmination Round His Factification For Incamination of Work In Progress*（『進行中の作品の進展のための彼の事実化をめぐるわれわれの厳密な審理』), New Directions, 1962, pp.35-46.（以下 *Our Exagmination* と省略。）

4 *The Joyce We Knew*, p.101.

5 Ellmann, p.13.

6 *The Joyce We Knew*, p.101.

7 *Letters* III, p.280.

8 *The Joyce We Knew*, p.103.

9 *Making of Ulysses*, p.189.

10 *The Joyce We Knew*, p.103.

11 パワーはデルフトをゲントと間違えている。

12 *Conversations*, p.31.

13 *Making of Ulysses*, p.189. バジェンのこの本は一九三二年に着手され、三四年に公刊された。バジェンは三三年にスイスのアスコナに行く途中パリに立ち寄ったが、この時ジョイス家の「ポートレート・ギャラリー」を見た可能性がある。ただし、「ギャラリー」に言及したバジェン宛てのレオンの手紙は同年の五月付で、彼はその部分をそのまま本に引いたとも考えられる。

14　*Letters* III, p.278.

15　Villa Malakoff. villaには私道の意味があり、もともとヴィラ・マラコフはヴィクトール・ユゴー広場から伸びるアヴェニュ・レイモン・ポアンカレから入る袋小路の私道の名前である。

16　画家仲間でのピカソのあだ名だった。

17　女房になるべき人物というほどの意。別の翻訳は「婚約者」としている。

18　鈴木信太郎・渡辺一民編纂『アポリネール全集』紀伊國屋書店、一九八〇年、四四〇頁。（以下『アポリネール全集』と省略。）

19　同右、四四〇頁。

20　同右、一四九頁。

21　フランス東部ローヌアルプ地方。

22　澤田美喜の自伝作品『黒い肌と白い心』（創樹社、一九九一年）によると、画塾のローランサンは教師としては失格で、「気まぐれで思うがままにかきちらし、理論にはひとつもふれない型破りの先生」（一一三頁）で、九時から一二時までの授業時間も守ったことはなく、犬をつれてきて散歩をさせたり鼻歌を歌ったりして、時間になるとさっさと帰っていった。本書にはクラスメートについては何も書かれておらず、もちろんルチア・ジョイスについての言及はない。パリを離れるとき、澤田はローランサンの住まいに挨拶に行ったが、寝室に入ると、ローランサンはこれまでに貰った恋文が入っているというベッドの引き出しを示し、この〝恋多き女〟は手紙の一つ一つが子守歌代わりになると言ったという。この本には、一九三四年だというローランサンの絵画教室の写真が載っている。一九三三年四月二五日付のポール・レオンの手紙に「ジョイス嬢は製本の仕事やマリー・ローランサンのクラスに通うのはやめました……」とあり（本書三九頁）、ローランサンと絵を描く五人の女性の写真に、当然ながら、ルチアと思われる女性の姿はない。

23 *Paris Times*, "On the Left Bank", 1928.3.14.（「ジョイス・コレクション」「ルチア資料」中。）

24 ユング著作集3『こころの構造』日本教文社、一九七八年、一四九頁。

25 『アポリネール全集』一四九頁。

26 同右、一六八頁。

4 〝リズムと色彩〟

1 *James Joyce*, dirigé par Jacques Aubert et Fritz Senn, Editions de L'Herne, c1985.（以下 *James Joyce*, dirigé par Aubert et Senn と省略。）, p.69; "Lucia et la Danse," par Dominique Maroger.

2 あとで触れる MacDiarmid, *In Memoriam　James Joyce* に、ジョイスとファーガソンはパリで交流があったとある。

3 *Margaret Morris Dancing*, a book of pictures by Fred Daniels, with an introduction and outline of her method, by Margaret Morris, K.Paul, Trench, Trubner, 1926.

4 Ibid., p.55.

5　Ibid., p.51.

6　Ibid., p.86.

7　Margaret Morris, *Creation in Dance and Life*, Peter Owen Ltd.1972, p.111.（以下 *Creation in Dance and Life* と省略。）

8　"Ellen Adams Wrynn." Theoder Dreiser, *A Gallery of Women*, Horace Liveright,1929 中。

9　ブルックリン美術館、『エジプトの踊り手』解説、Dick S.Ramsay Fund, 2007.

10　Hugh MacDiarmid, *In Memoriam　James Joyce*, William Maclellan, 1955, p.18.（以下 *In Memoriam* と省略。）

11　F.C.B.Cadell and others, *Scottish Colourists*, National Galleries of Scotland, 2000.（以下 *Scottish Colourists* と省略）, p.47. '"Les Peintres de l'Écosse Moderne" : the Colourists and France' by Elizabeth Cumming.

12　ベルクソン著・中村文郎訳『時間と自由』岩波文庫、二〇〇一年、二四頁。

13　同右、二四頁。

14　ピエレット・マリ著・矢内原伊作・広田正敏訳『メシアン』音楽の友社、昭和四六年、七六―七七頁。

15　同右、七七頁。

16　同右、七七頁。

17　同右、七九頁。

18 パリ・セーヌ川右岸の劇場。
19 *Scottish Colourists*, p.49.
20 Ibid., p.50.
21 *Cahiers Rythme et Couleur*, No.3, p.91.

5 音楽と絵画

1 Wassily Kandinsky, *Über das Geistige in der Kunst*, R. Piper, 1912. 西田秀穂訳『抽象芸術論・芸術における精神的なもの』美術出版社、一九七九年。（以下『芸術における精神的なもの』と省略。）
2 『芸術における精神的なもの』五九―六〇頁。
3 Walter Pater, *The Renaissance: Studies in Art and Poetry*, Oxford University Press, 1986, p.86.（以下*Renaissance*と省略。）（富士川義之訳『ルネサンス　美術と詩の研究』白水社、二〇〇四年、一三八頁。引用は富士川訳による。）
4 *Renaissance*, p.88.
5 *Our Exagmination*, p.14.
6 『芸術における精神的なもの』七一頁他、「VI　形態言語と色彩言語」に多出。
7 同右、七三頁。
8 同右、一〇一頁。

9 同右、一一〇頁。

10 同右、一一二頁。

11 同右、一一二頁。

12 同右、七六—七七頁。

13 *Kandinsky*, Guggenheim Museum, 2009, p.162.

14 ギリシア神話のオルフェウスに由来することばで、大胆で華やかな色遣い、強い抽象性を特徴とする。キュビスムの影響を受けているが、より色彩を重視する。ドローネーの『エッフェル塔』が有名。

15 『芸術における精神的なもの』六〇頁。

16 パウル・クレー『造形思考』土方定一・菊盛英夫・坂崎乙郎訳、新潮社、一九七三年、一一二頁。“Creative Confession” by Paul Klee, “Schleuniger News”, No.3-2006 (Paul Klee Center in Bern) を参考に右訳を少し変えた。

17 Carola Giedion-Welcker, *Paul Klee in Selbstzeugnissen und Bilddokumenten*, Rowohlt, 1961, p.53.（宮下誠訳『パウル・クレー』パルコ出版、一九九四年。引用は宮下訳による。）

18 Ibid., p.54.

6 ジョイスの作品と音楽

1 『芸術における精神的なもの』五九頁。

2　アメリカの詩人ジョン・ピアポントの作詞、その息子が作曲。

3　順に「弱く」「強く」「徐々にゆるやかに」。

4　Willard Potts（ed.）, *Portraits of the Artist in Exile Recollections of James Joyce by Europeans*, University of Washington Press, 1979, p.72.（以下 *Portraits of the Artist in Exile* と省略。）

5　Clive Hart, *Structure and Motif in Finnegans Wake*, Faber and Faber, 1962, p.171.

6　ミハイル・バフチン著・新谷敬三郎訳『ドストエフスキイ論―創作方法の諸問題』冬樹社、一九七九年、三五頁。（以下『ドストエフスキイ論』と省略。）

7　*Conversations*, p.58.

8　『ドストエフスキイ論』一六一頁。

9　同右、一六一頁。

10　同右、一七四―一七五頁。

11　同右、一六二頁。

12　同右、一六二頁。

13　同右、一六二頁。

14　*Letters* I, p.226.

15　『ドストエフスキイ論』一三頁。

7　ルチアと音楽、そしてバレエ・リュス

1　「リズムと色彩」はハットン、ヴァネルらの雑誌の名前であったが、彼女たちの舞踊集団の名前としても使われた。

2　「劇場はまわる／互いに打ち合う手と腕の動き／幻のごとく／純白の胸飾り——薔薇色の斑点——」

3　*Joyce We Knew*, p.103.

4　*Portraits of the Artist in Exile*, p.149.

5　題名の解釈については諸説あり、*Les Nus*（ヌード）の誤りとするのが最も有力と考えられる。

6　*Scottish Colourists*, p.49.

7　*Portraits of the Artist in Exile*, p.234.

8　*Reflections on James Joyce—Stuart Gilbert's Paris Journal*, University of Texas Press, 1993, p.48.（以下 *Paris Journal* と省略。）

9　Ibid., p.48.

10　青山南訳『ゼルダ・フィッツジェラルド全作品』新潮社、二〇〇一年、一五八頁。

11　*James Joyce*, dirigé par Aubert et Senn, p.71; "Lucia et la Danse," par Maroger.

12　『ゼルダ・フィッツジェラルド全作品』一七九頁。

13　ジョイスの書簡集にニジンスキーについての言及がある。「有名なロシアのバレエ・ダンサー、ニジンスキーも過去一八年間、〝治癒不能〟と言われてきました。しかしこちらのビンスヴァーメル博士

（兄弟がクロイツリンゲンでニジンスキーを担当してきました）によれば、インシュリンか腺の治療の結果、彼も快方に向かいつつあります。」（一九三七年八月三〇日付、アドルフ・カスター宛て。*Letters* III, p.405.）

14 *Paris Journal*, p.48.

15 *James Joyce*, dirigé par Aubert et Senn, p.73; “Lucia et la danse,” par Maroger.

8 ルチアの絵

1 Ellmann, p.612.

2 *Creation in Dance and Life*, p.111.

3 Ibid., p.113.

4 Ibid., p.113.

5 Ibid., p.19.

6 バッファロー大学の「ポエトリー・コレクション」副主任メイナード・ケインズ氏は、集まったジョイス関連資料を長年かけて整理・分類したのはピーター・スピールバーグであるが、ルチアの資料は彼のカタログには含まれていないので、フォルダーの解説を書いたのはルカ・クリスピだろうと推測する。クリスピ氏は、現在もなおスピールバーグのカタログの修正・増補を続けている。

7 *Letters* I, p.328.

8 *Letters* III, p.256.

9 Herbert Hughes (ed.), *The Joyce Book*, Oxford University Press, 1933.

10 *James Joyce*, dirigé par Aubert et Senn, p.73; “Lucia et la danse,” par Maroger.

11 *A Chaucer A.B.C., being a Hymn to the Holy Virgin in an English version*: Initial letters designed and illuminated by Lucia Joyce. Preface by Louis Gillet. Paris, The Obelisk Press,1936.

12 *Letters* I, p.33 (Introduction by Stuart Gilbert).

13 Ellmann, p.545.

14 一九二三年二月六日付書簡。*Letters* I, p.200.

15 *Irish Literary Portraits*; W.R.Rodgers’s conversations with those who knew them, British Broadcasting Corporation, 1972, p.56.

9　ジョイスの作品と『ケルズの書』

1 Françoise Henri, *Early Christian Irish Art*, The Three Candles, 1963.

2 Françoise Henri, *Irish Art during the Viking Invasions, 800-1020*, Methuen, 1967.

3 James S. Atherton, *The Books at the Wake*, Southern Illinois University Press, p.62.

4 *Making of Ulysses*, pp.16-18.

5 頭字を図案化した組み合わせ文字。

6 Ellmann, p.476.

7 学研『大系世界の美術10』一九七四年、七〇頁（柳宗玄解説）。

8 同右、六四頁。

9 *Making of Ulysses*, pp.234-235.

10 Ibid., p.235.

11 〝『ユリシーズ』と『ケルズの書』〟というテーマについては、『玉川学園創立五十年記念論文集Ｉ』（一九八〇年）所収の論文「『ケルズ書』と『ユリシーズ』の世界」から一部を取り、修正・加筆した。

12 『アルスター年譜（*Annals of Ulster*）』では、盗難の年は一〇〇七年であるという。

13 A facsimile reprint of *The Book of Kells*, described by Sir Edward Sullivan, second edition, originally published by The Studio, Ltd, 1920, p.22.（以下 Sullivan と省略。）

14 ハトはフランス語で colombe、ラテン語で columba、アイルランド語で colm。

15 四〇五年に完成したラテン語訳聖書。

16 Campbell & Robinson, *A Skeleton Key to Finegans Wake*, Buccaneer Books, 1976, p.90.

10 ルチアの装飾文字と『ケルズの書』

1 *Letters* III, p.134.

2 「手紙」の章である第一部第五章の執筆は一九二四年、翌二五年は他の章も合わせ、第一部の修正を行なっている。

3　*Making of Ulysses*, p.xiii. (Introduction by Clive Hart, footnote.)

4　Padraic and Mary Column, *Our Friend James Joyce*, Peter Smith, 1968, p.137.（以下 *Our Friend James Joyce* と省略。）

5　*Letters* I, p.324.

6　Plates XX-XXIV.

7　Sullivan, p.40.

8　*Illuminated Alphabet—Creating Decorative Calligraphy*, Calligraphy by Timothy Node, Text by Patricia Seligman, Sterling Publishing Company, 2004, p.34.

9　イギリスの詩人・美術工芸家・社会運動家。*Lucia Joyce—To Dance in the Wake*—by Carrol L.Shloss (Picador, 2003) は、ルチアが学んだ舞踊学校の創始者マーガレット・モリスをウィリアム・モリスの孫娘としている（p.125）。もしそうであれば、マーガレットの活動は芸術家一家の血とする見方もありえ、この人間関係は興味をそそるが、実際は違うようである。ウィリアム・モリスには二人の娘がいたが、長女のジェーン・アリスは未婚に終わり、次女のメアリは結婚したが子供はなかったという。シュロスのこの本の書評を依頼されたウィリアム・モリス協会会長マーク・L・ラズナーが、二〇〇四年一月二五日の『ニューヨーク・タイムズ』に右の間違いを指摘した。

10　『ジョイスのパリ時代』二六五—二六六頁。

11 拙著『ジョイスと中世文化』（みすず書房、二〇〇九年）二五七―二五八頁を参照されたい。

11 ファーガソンのケルト的デザイン

1 *A Celtic Miscellany*: translations from the Celtic literatures, by Kenneth Jackson, Routledge and Kegan Paul, 1951. ウェールズ語、アイルランド語、スコットランド語、コーンウォール語、ブルターニュ語、マン島語等のケルト語文学の翻訳作品（一九七二年）。著者はイギリスの言語学者（一九〇九－一九九一）。

2 〝文化〟ほどの意。

3 *In Memoriam*, p.18.

4 Ibid., p.15.

5 Ibid., p.20.

6 Ibid., p.18.

7 Ibid., 'A Note on the Decorations.'

8 *Scottish Colourists*, p.39.

9 Ellmann, p.679.

12 終章

1 フランスのポピュラー・ソング。

2 *Our Friend James Joyce*, p.138.

3 日本語表記には「コルダー」もある。カルダーがより一般的のようなので、それを用いることとする。

4 別に 10Ave, 21st, Gagosian Gallery とあるのはカルダーのアメリカでの住所、つまり「気付」を意味したものか。ニューヨークにある画廊「ガゴージアン・ギャラリー」はカルダーの作品を所蔵しており、ときどきその個人展も開かれている。

5 Shloss, *Lucia Joyce—To Dance in the Wake*, pp.202-203.

6 Ellmann, pp.612-613.

7 一九〇〇—七一。もともとルチアの兄ジョルジオの友人。

8 *Gens de Dublin*, traduit par Yva Fernandez, 1926. ジョイスの作品の最も早い翻訳書の一つ。

9 *James Joyce*, dirigé par Aubert et Senn, p.77; "Dernière rencontre avec Lucia," par Maroger.

10 *Letters* III, p.316.

11 *Conversations*, p.60.

12 一九三五年八月一〇日付、コンスタンティン・カラン宛て。*Letters* I, p.379.

参考文献

引用文の日本語訳は原則として括弧内の邦訳による。他は本書著者による。

参考文献は下記を除き「注」に示すにとどめた。

○ジョイスの作品

作品の引用は、本文中に次の略号によって頁を示した。

SH: *Stephen Hero*, New Directions, 1963.（海老根宏訳『スティーヴン・ヒアロー』筑摩書房、一九九八年。）

U: *Ulysses*, The Bodley Head, 1984.（丸谷才一・永川玲二・高松雄一訳、集英社、一九九六、一九九七年。）

FW: *Finnegans Wake*, Faber and Faber, 1950.（宮田恭子訳『抄訳　フィネガンズ・ウェイク』集英社、二〇〇四年。なお本作品はもともと章番号が付せられていないが、便宜的に、第一部全八章、第二部全四章、第三部全四章、第四部一章の構成とみなし、必要に応じてこの章番号を示した。）

○書簡集からの引用については注のなかで次のように略して頁を示した。

Stuart Gilbert（ed.）, *Letters of James Joyce* I, The Viking Press, 1966. → *Letters* I

Richard Ellmann（ed.）, *Letters of James Joyce* II, The Viking Press, 1966. → *Letters* II

Richard Ellmann（ed.）, *Letters of James Joyce* III, The Viking Press, 1966. → *Letters* III

以下の文献についてはそれぞれ次のように略して頁を示した。

Frank Budgen, *James Joyce and the Making of Ulysses*, Oxford University Press, 1972. → *Making of Ulysses*

Richard Ellmann, *James Joyce*, Oxford Press, 1983.（宮田恭子訳『ジェイムズ・ジョイス伝１・２』みすず書房、一九九六年。）→ Ellmann

Ulick O'Connor（ed.）, *The Joyce We Knew*, Brandon, 2004.（宮田恭子訳『われらのジョイス』みすず書房、二〇〇九年）→ *The Joyce We Knew*

Arthur Power, *Conversations with James Joyce*, Millington,1974. → *Conversations*

あとがき

バッファローを訪れる前、不可能と知りつつも、「コレクション」のコピーの許可を求めて、今はフランスの西の島に住むジョイスの孫スティーヴンに、かつての親切心を頭の片隅に思い浮かべながら手紙を出した。

一九八八年、作家の妻の生涯を書いたブレンダ・マドックスの伝記作品『ノーラ』が出版された。そのゲラ刷りの段階で、スティーヴンは、彼の叔母で心を病んだルチア・ジョイスの精神病院生活に言及した部分の削除を求めた。告訴を恐れたマドックスがこれに応じた。しかしスティーヴンは以後プライバシーに関して態度を硬化させ、彼ら夫婦に宛てたルチアの手紙や、ルチアに宛てたベケットの葉書や、アイルランド国立図書館に長らく保管され、封印解除の時期が来たことで彼の手許に届いた手紙等を破棄、同時にジョイスの作品や関連の文献・資料の引用や複写等を許可なしには認めなくなった。二〇〇四年のブルームズ・デー百年の行事では、公の場でのジョイス作品の引用は各作品の三センテンス以内に限られ、それ以上は著作権法に基づき告訴する旨伝えられた。

二〇〇三年、キャロル・L・シュロスの『ルチア・ジョイス——ウェイクに踊る（*Lucia Joyce — To*

Dance in the Wake)』が出版された。しかしこの版はスティーヴンら「ジョイス遺産財団」側からの版権に関する厳しい制約のもとに書かれたもので、シュロスはその後、増補版を出すことを決め、その際、版権問題について提訴した。二〇〇八年五月、「遺産財団」側に対して「版権濫用」の判決が出され、シュロス側への弁護士費用三二六〇〇〇ドルの支払い命令が言い渡された。上告の結果、財団側は二四〇〇〇〇ドルを支払った。その額は法外だとして、スティーヴン側に同情する声もあった。

研究・批評活動を目的とする作品の引用はこれによってある程度可能となり、状況は改善されたが、しかし厳しい制約は依然として続いた。

ジョイスの作品は世界の財産であり、それが広く読まれ、知られることこそジョイスの願うところであろう。ルチアの装飾文字が多くの人びとの目に触れ、彼らがその美しさを知るとき、病気の犠牲となった彼女の魂も報いを得るだろう。ルチアがデザインした文字の精緻さはことばによっては伝えられない。プライバシーや著作権は守られねばならないが、そこを少しばかりゆるめてはもらえないかと身勝手なことを思った。

「ジョイス・コレクション」を見にゆくにあたって書いた手紙に返事はなかった。コピー機もカメラも許されない以上、自分の手に頼るしかなかった。

バッファロー再訪にあたって二四色の色鉛筆を用意した。絵を描くことなど長年なく、心許なさを覚えつつルチアの絵を模写したが、そうすることで改めて彼女のデザインがいかに単純ならざるかを知った。ルチアの手の動きを感じながら、と言うには私の筆の動きはあまりにも遅かったが、それでも色鉛筆は記憶する作業を助けた。もっとも、その後訪れたフランス国立フランソワ・ミッテラン図書館では、与えられる黒の鉛筆以外は使用を許されなかった。ルチアの装飾文字による『一個一ペニーのりんご』『チョーサー　A・B・C』を所蔵するこのパリの図書館の「稀覯本」部門は、一般閲覧室の奥の分厚い金属の扉を二度押し開け、さらに階段を昇って行く階上にあり、まるで鉄の牙城に守られているようで、それらの本の貴重さが改めて実感された。

この二月、ふたたびバッファローを訪れた。「ポエトリー・コレクション」主任マイケル・バジンスキー氏（詩人・文学博士。多数の詩作品がある）や副主任のジェイムズ・メイナード氏（現代詩専攻・文学博士）や「ケイペン・ホール」の職員の方たちと懐かしく挨拶を交わした。

カウンターに置かれた「バッファロー大学図書館」会報二〇一〇年冬号で、メイナード氏編集の二〇〇九年「ジェイムズ・ジョイス展」のカタログが、「大学・研究図書館協会（ACRL＝Association of College and Research Libraries）」による「稀覯本・写本部門（RBMS＝Rare Books and Manuscripts Section）」のエクシビションを対象とした賞を受賞したことを知った。メイナード氏に直接、Congratulations! と申し上げることができたのは嬉しいことだった。

帰国後まもない三月一一日、東日本を大地震と大津波が襲った。メイナード氏から安否を気遣うメールが届いた。ケイペン・ホールを訪れたあの幸せな日に戻れるものなら戻りたい、と返事を書いた。氏からの第二信に、“My thoughts have been with you and your country” とあった。破壊された国土の未来も、原発問題も先が見えない。しかし世界の人びとの声援を胸に、再生を期したいと思う。〝再生〟は『フィネガンズ・ウェイク』の主要テーマである。

出版事情の厳しいなか、この本を出すことを決めてくださったみすず書房の辻井忠男氏をはじめとするスタッフの方々に心から感謝申し上げたい。

宮田　恭子

二〇一一年六月

著者略歴

（みやた・きょうこ）

1934年，石川県に生まれる．東京大学教養学部教養学科イギリス分科を経て，1969年，大学院人文科学研究科比較文学比較文化修士課程を修了．元玉川大学教授．1964年，「アイリス・マードック『鐘』試論」によりシェイクスピア賞受賞．著書『ジョイス研究』（小沢書店，1988），『ジョイスの都市』（小沢書店，1989），『ウルフの部屋』（みすず書房，1992），『ジョイスのパリ時代』（みすず書房，2006），『ジョイスと中世文化』（みすず書房，2009）．訳書　S.ジョイス『兄の番人——若き日のジェイムズ・ジョイス』（みすず書房，1993），R.エルマン『ジェイムズ・ジョイス伝1・2』（みすず書房，1996），V.ウルフ『ロジャー・フライ伝』（みすず書房，1997），F.スポールディング『ヴァネッサ・ベル』（みすず書房，2000），J.ジョイス『抄訳　フィネガンズ・ウェイク』（集英社，2004），ユーリック・オコナー編著『われらのジョイス』（みすず書房，2010）．

宮田恭子
ルチア・ジョイスを求めて
ジョイス文学の背景

2011年7月12日　印刷
2011年7月22日　発行

発行所　株式会社 みすず書房
〒113-0033 東京都文京区本郷5丁目32-21
電話 03-3814-0131（営業） 03-3815-9181（編集）
http://www.msz.co.jp

本文組版 キャップス
本文印刷・製本所 中央精版印刷
扉・表紙・カバー印刷所 栗田印刷

ISBN 978-4-622-07637-7
［ルチアジョイスをもとめて］